LES
AUTEURS GRECS

EXPLIQUÉS D'APRÈS UNE MÉTHODE NOUVELLE

PAR DEUX TRADUCTIONS FRANÇAISES

L'UNE LITTÉRALE ET JUXTALINÉAIRE PRÉSENTANT LE MOT A MOT FRANÇAIS
EN REGARD DES MOTS GRECS CORRESPONDANTS
L'AUTRE CORRECTE ET PRÉCÉDÉE DU TEXTE GREC

avec des sommaires et des notes

PAR UNE SOCIÉTÉ DE PROFESSEURS

ET D'HELLÉNISTES

PARIS
LIBRAIRIE DE L. HACHETTE ET Cie
RUE PIERRE-SARRAZIN, N° 14
(Près de l'École de médecine)

LES

AUTEURS GRECS

EXPLIQUÉS D'APRÈS UNE MÉTHODE NOUVELLE

PAR DEUX TRADUCTIONS FRANÇAISES

Cette troisième Olynthienne a été expliquée littéralement, traduite en français et annotée par M. C. Leprévost, professeur au lycée Bonaparte.

Ch. Lahure, imprimeur du Sénat et de la Cour de Cassation
(ancienne maison Crapelet), rue de Vaugirard, 9.

LES
AUTEURS GRECS

EXPLIQUÉS D'APRÈS UNE MÉTHODE NOUVELLE

PAR DEUX TRADUCTIONS FRANÇAISES

L'UNE LITTÉRALE ET JUXTALINÉAIRE PRÉSENTANT LE MOT A MOT FRANÇAIS
EN REGARD DES MOTS GRECS CORRESPONDANTS
L'AUTRE CORRECTE ET PRÉCÉDÉE DU TEXTE GREC

avec des sommaires et des notes

PAR UNE SOCIÉTÉ DE PROFESSEURS

ET D'HELLÉNISTES

———

DÉMOSTHÈNE
TROISIÈME OLYNTHIENNE
(VULGO ɪ)

——— ⁍ᵘᵘᵍ ———

PARIS
LIBRAIRIE DE L. HACHETTE ET Cᴵᵉ
RUE PIERRE-SARRAZIN, Nᵒ 14
(Près de l'École de médecine)

——

1857

AVIS

RELATIF A LA TRADUCTION JUXTALINÉAIRE.

On a réuni par des traits les mots français qui traduisent un seul mot grec.

On a imprimé en *italiques* les mots qu'il était nécessaire d'ajouter pour rendre intelligible la traduction littérale, et qui n'avaient pas leur équivalent dans le grec.

Enfin, les mots placés entre parenthèses, dans le français, doivent être considérés comme une seconde explication, plus intelligible que la version littérale.

ARGUMENT ANALYTIQUE

DE LA TROISIÈME OLYNTHIENNE.

I. Il est important pour les Athéniens d'écouter tous les avis qu'on voudra leur donner. Démosthène pense, pour sa part, qu'il faut secourir Olynthe, et empêcher à force d'activité que Philippe, suivant son usage, ne tourne encore à son profit les circonstances actuelles.

II. L'occasion est favorable : car les Olynthiens savent, par l'exemple d'Amphipolis et de Pydna, qu'il n'y a pas de réconciliation sûre avec ce perfide ennemi ; et d'ailleurs, ayant pris les armes contre lui pour venger leurs propres griefs et non à l'instigation d'autrui, ils seront pour Athènes des alliés fidèles et constants.

III. Jusqu'alors la négligence des Athéniens leur a toujours été funeste. Exemples. C'est elle qui a fait la grandeur de Philippe.

IV. Cette négligence a été telle, qu'il a fallu toute la bienveillance des dieux pour qu'Athènes ne tombât point beaucoup plus bas qu'elle ne l'a fait. Qu'elle efface donc par de généreux efforts cette tache honteuse ; au salut d'Olynthe d'ailleurs est attaché son propre salut.

V. Tableau des conquêtes de Philippe. La rapidité de ces conquêtes et l'insatiable activité de Philippe sont bien effrayantes en présence de l'indolence des Athéniens.

VI. Malgré les dangers de la franchise, Démosthène osera ouvrir d'utiles avis : il pense que pour bien profiter de l'occasion il faut lever deux armées, destinées, l'une à secourir Olynthe, l'autre à ravager la Macédoine ; que la négligence de l'une de ces deux mesures rendra l'autre inutile. Quant aux fonds nécessaires, il en est de tout prêts ; il suffit de vouloir leur donner la destination qu'ils doivent véritablement avoir.

VII. La situation de Philippe est très-précaire : il croyait n'avoir qu'à se présenter pour tout soumettre, et la résistance imprévue qu'il rencontre le décourage : les Thessaliens toujours perfides se déclarent contre lui, et il se voit à la veille d'être privé des fonds qui servent à l'entretien de ses troupes étrangères ; les Péoniens, les Illyriens, etc., regrettent leur indépendance et sont prêts à lui échapper.

VIII. Les Athéniens doivent tourner à leur avantage ces circonstances si désavantageuses pour Philippe. Ils ont actuellement le choix du théâtre de la guerre ; une fois Olynthe prise, rien n'empêchera Philippe de les forcer à l'accepter sur leur propre territoire. Immenses inconvénients qui résulteraient pour eux d'une telle guerre.

IX. Riches, jeunes gens, orateurs, tous doivent donc réunir leurs efforts pour refouler au loin la guerre.

ΔΗΜΟΣΘΕΝΟΥΣ

ΟΛΥΝΘΙΑΚΟΣ Γ.

I. Ἀντὶ πολλῶν ἂν, ὦ ἄνδρες Ἀθηναῖοι, χρημάτων ὑμᾶς ἑλέσθαι νομίζω, εἰ φανερὸν γένοιτο τὸ μέλλον συνοίσειν τῇ πό- λει περὶ ὧν νυνὶ σκοπεῖτε. Ὅτε τοίνυν τοῦθ' οὕτως ἔχει, προσήκει προθύμως ἐθέλειν ἀκούειν τῶν βουλομένων συμβουλεύειν · οὐ γὰρ μόνον, εἴ τι χρήσιμον ἐσκεμμένος [1] ἥκει τις, τοῦτ' ἂν ἀκού- σαντες λάβοιτε, ἀλλὰ καὶ τῆς ὑμετέρας τύχης ὑπολαμβάνω, πολλὰ τῶν δεόντων ἐκ τοῦ παραχρῆμα ἐνίοις ἂν ἐπελθεῖν εἰπεῖν, ὥστ' ἐξ ἁπάντων ῥᾳδίαν τὴν τοῦ συμφέροντος ὑμῖν αἵρεσιν γε- νέσθαι.

Ὁ μὲν οὖν παρὼν καιρός, ὦ ἄνδρες Ἀθηναῖοι, μονονουχὶ [2] λέγει φωνὴν ἀφιεὶς, ὅτι τῶν πραγμάτων ὑμῖν ἐκείνων αὐτοῖς ἀντιληπτέον ἐστὶν, εἴπερ ὑπὲρ σωτηρίας αὐτῶν φροντίζετε. Ἡμεῖς δ' οὐκ οἶδ' ὅντινά μοι δοκοῦμεν ἔχειν τρόπον πρὸς αὐτά.

I. Je crois, Athéniens, que vous préféreriez à de riches trésors, qu'on vous fît voir clairement quel est l'intérêt de l'État dans l'affaire aujourd'hui soumise à votre délibération. Puisqu'il en est ainsi, c'est à vous de prêter une oreille attentive à ceux qui se disposent à vous offrir des conseils : car, non-seulement, si quelqu'un vous apporte des fruits utiles de ses méditations, vous les saisirez en l'écoutant ; mais encore, il peut arriver, grâce à votre fortune, que des citoyens, dans une subite inspiration, vous exposent un grand nombre de vues sa- lutaires ; en sorte que, par tous ces débats, le choix du parti le plus avantageux vous devienne facile.

La circonstance où vous vous trouvez, Athéniens, vous crie en quel- que sorte que vous devez vous saisir des affaires présentes, si vous avez à cœur votre propre conservation. Je ne sais dans quelle dispo- sition d'esprit nous sommes tous à cet égard ; pour moi, voici ce qu'il

DÉMOSTHÈNE.

OLYNTHIENNE III.

I. Ὦ ἄνδρες Ἀθηναῖοι,
νομίζω ὑμᾶς ἂν ἑλέσθαι
ἀντὶ πολλῶν χρημάτων,
εἰ τὸ μέλλον συνοίσειν τῇ πόλει
περὶ ὧν σκοπεῖτε νῦν
γένοιτο φανερόν.
Τοίνυν ὅτε τοῦτο ἔχει οὕτως,
προσήκει ἐθέλειν προθύμως
ἀκούειν τῶν βουλομένων συμβου-
οὐ γὰρ μόνον, εἴ τις ἥκει [λεύειν·
ἐσκεμμένος τι χρήσιμον,
ἂν λάβοιτε τοῦτο ἀκούσαντες,
ἀλλὰ καὶ ὑπολαμβάνω
τῆς ὑμετέρας τύχης,
πολλὰ τῶν δεόντων
ἂν ἐπελθεῖν ἐνίοις
εἰπεῖν ἐκ τοῦ παραχρῆμα,
ὥστε ἐξ ἁπάντων
τὴν αἵρεσιν τοῦ συμφέροντος
γενέσθαι ῥαδίαν ὑμῖν.
Ὁ μὲν οὖν καιρὸς παρὼν,
ὦ ἄνδρες Ἀθηναῖοι,
λέγει μονονουχὶ
ἀφιεὶς φωνὴν,
ὅτι ἐστὶν ἀντιληπτέον
ἐκείνων τῶν πραγμάτων ὑμῖν αὐ-
εἴπερ φροντίζετε   [τοῖς,
ὑπὲρ σωτηρίας αὐτῶν.
Ἡμεῖς δὲ
οὐκ οἶδα ὅντινα τρόπον
δοκοῦμέν μοι
ἔχειν πρὸς αὐτά.

I. O hommes Athéniens,
je pense vous devoir préférer
au lieu de (à) beaucoup de richesses,
si ce qui doit être-utile à la ville
sur ce-que vous examinez maintenant
était devenu évident.
Donc puisque cela est ainsi,
il convient vouloir de-tout-cœur
écouter ceux voulant conseiller ;
car non seulement, si quelqu'un vient
ayant médité quelque-chose d'utile,
vous recevrez cela, ayant écouté,
mais encore je soupçonne
être de votre fortune,
beaucoup des choses nécessaires
devoir venir à quelques-uns
à dire au moment-*même*,
de sorte que de toutes *ces choses*
le choix de l'avantageux
être devenu facile à vous.
Or donc la circonstance présente,
ô hommes Athéniens,
dit presque
en émettant une voix,
qu'il est devant être pris-soin
de ces choses par vous-mêmes
si-toutefois vous vous mettez-en-peine
pour le salut de *vous*-mêmes.
Et-pourtant nous
je ne sais *de* quelle manière
nous semblons à moi
être quant à ces *choses*.

Ἔστι δὴ τά γ᾽ ἐμοὶ δοχοῦντα, ψηφίσασθαι μὲν ἤδη τὴν βοήθειαν, καὶ παρασκευάσασθαι τὴν ταχίστην, ὅπως ἐνθένδε βοηθήσητε[1] καὶ μὴ πάθητε ταὐτὸν ὅπερ καὶ πρότερον, πρεσβείαν δὲ
πέμπειν, ἥτις ταῦτ᾽ ἐρεῖ καὶ παρέσται τοῖς πράγμασιν · ὡς ἔστι
μάλιστα τοῦτο δέος μὴ, πανοῦργος ὢν καὶ δεινὸς ἄνθρωπος πράγμασι χρῆσθαι, τὰ μὲν εἴκων, ἡνίκα ἂν τύχῃ, τὰ δ᾽ ἀπειλῶν
(ἀξιόπιστος δ᾽ ἂν εἰκότως φαίνοιτο), τὰ δ᾽ ἡμᾶς διαβάλλων καὶ
τὴν ἀπουσίαν τὴν ἡμετέραν, τρέψηται καὶ παρασπάσηταί[2] τι
τῶν ὅλων πραγμάτων.

II. Οὐ μὴν ἀλλ᾽ ἐπιεικῶς, ὦ ἄνδρες Ἀθηναῖοι, τοῦθ᾽, ὃ δυσ-
μαχώτατόν ἐστι τῶν Φιλίππου πραγμάτων, καὶ βέλτιστον
ὑμῖν · τὸ γὰρ εἶναι πάντων ἐκεῖνον ἕνα ὄντα κύριον καὶ ῥητῶν
καὶ ἀποῤῥήτων, καὶ ἅμα στρατηγὸν καὶ δεσπότην καὶ ταμίαν,
καὶ πανταχοῦ αὐτὸν παρεῖναι τῷ στρατεύματι, πρὸς μὲν τὸ τὰ

me paraît à propos de faire : décréter sur-le-champ le secours demandé,
le préparer le plus promptement possible, afin qu'en le tirant de cette
ville même, vous évitiez ce qui vous est précédemment arrivé; enfin
envoyer des députés pour annoncer vos décrets et pour veiller sur
cette expédition ; car ce que nous avons surtout à craindre, c'est que
notre ennemi, plein d'artifices et habile à profiter des circonstances,
tantôt en cédant à propos, tantôt en menaçant (et c'est alors qu'il est
digne de foi), tantôt en nous calomniant et en accusant notre absence,
ne change et n'attire en ses mains une partie des affaires de la
Grèce.

II. Mais heureusement, Athéniens, ce qui paraît le plus inattaqua-
ble dans la position de Philippe, se trouve pour vous d'une extrême
utilité. En effet, se voir l'unique arbitre de tout, et de ce qu'il faut
dire et de ce qu'il faut faire ; être à la fois général, souverain, tréso-
rier ; veiller sur toutes les parties d'une armée en campagne : c'est là

Δὴ τὰ δοκοῦντα	Certes les-choses semblant *justes*
ἔμοιγε ἐστι,	à moi du moins, sont:
ψηφίσασθαι μὲν	d'une-part avoir voté
ἤδη τὴν βοήθειαν,	aussitôt le secours,
καὶ παρασκευάσασθαι	et vous être préparés
τὴν ταχίστην,	*par* la *voie* la plus prompte,
ὅπως βοηθήσητε ἐνθένδε,	afin que vous ayez secouru d'ici,
καὶ μὴ πάθητε ταὐτὸν	et n'ayez pas éprouvé la même *chose*
ὅπερ καὶ πρότερον,	laquelle déjà-aussi auparavant;
πέμπειν δὲ πρεσβείαν,	d'autre-part envoyer une députation,
ἥτις ἐρεῖ ταῦτα	qui dira ces-choses
καὶ παρέσται τοῖς πράγμασιν·	et assistera aux affaires ;
ὡς τοῦτο δέος ἐστὶ μάλιστα	car cette crainte existe surtout,
μὴ, ὧν ἄνθρωπος πανοῦργος	que, étant un homme astucieux
καὶ δεινὸς χρῆσθαι πράγμασι,	et habile à user des événements,
τὰ μὲν εἴκων,	. tantôt cédant,
ἡνίκα ἂν τύχῃ,	lorsque *cela* se rencontrera,
τὰ δὲ ἀπειλῶν	tantôt menaçant
(φαίνοιτο δὲ ἂν	(or il paraîtrait *en-ceci*
εἰκότως ἀξιόπιστος),	justement digne-de-foi),
τὰ δὲ	tantôt encore
διαβάλλων ἡμᾶς	calomniant nous
καὶ τὴν ἀπουσίαν τὴν ἡμετέραν,	et l'absence la nôtre,
τρέψηται	il ne détourne
καὶ παρασπάσηταί τι	et *n'*attire-à-lui quelque *chose*
τῶν πραγμάτων ὅλων.	des affaires générales.
II. Οὐ μὴν ἀλλὰ ἐπιεικῶς,	II. Cependant par bonheur,
ὦ ἄνδρες Ἀθηναῖοι,	ô hommes Athéniens,
τοῦτο, ὅ ἐστι δυσμαχώτατον	ceci, qui est le plus inexpugnable
τῶν πραγμάτων Φιλίππου,	des affaires de Philippe,
καὶ βέλτιστον ὑμῖν·	*est* aussi le-meilleur pour vous :
τὸ γὰρ ἐκεῖνον εἶναι κύριον	car le celui-ci être l'arbitre,
ὄντα ἕνα	*l'*étant *lui* seul,
πάντων	de toutes *les décisions*
καὶ ῥητῶν καὶ ἀπορρήτων,	et à-dire et non-à-dire,
καὶ ἅμα στρατηγὸν	et en même temps général,
καὶ δεσπότην καὶ ταμίαν,	et maître-souverain et intendant,
καὶ αὐτὸν πανταχοῦ	et lui-même partout
παρεῖναι τῷ στρατεύματι,	être-près de *son* armée,

τοῦ πολέμου ταχὺ καὶ κατὰ καιρὸν πράττεσθαι πολλῷ προέχει,
πρὸς δὲ τὰς καταλλαγὰς[1], ἃς ἂν ἐκεῖνος ποιήσαιτο ἄσμενος πρὸς
Ὀλυνθίους, ἐναντίως ἔχει. Δῆλον γάρ ἐστι τοῖς Ὀλυνθίοις, ὅτι
νῦν οὐ περὶ δόξης οὐδ' ὑπὲρ μέρους χώρας πολεμοῦσιν, ἀλλ' ἀνα-
στάσεως καὶ ἀνδραποδισμοῦ τῆς πατρίδος· καὶ ἴσασιν ἅ τ' Ἀμφιπολιτῶν ἐποίησε τοὺς παραδόντας[2] αὐτῷ τὴν πόλιν, καὶ Πυ-
δναίων τοὺς ὑποδεξαμένους, καὶ ὅλως ἄπιστον, οἶμαι, ταῖς πολι-
τείαις ἡ τυραννὶς, ἄλλως τε κἂν ὅμορον χώραν ἔχωσι.

Ταῦτ' οὖν ἐγνωκότας ὑμᾶς, ὦ ἄνδρες Ἀθηναῖοι, καὶ τἄλλ' ἃ
προσήκει πάντα ἐνθυμουμένους, φημὶ δεῖν ἐθελῆσαι, καὶ παρο-
ξυνθῆναι, καὶ τῷ πολέμῳ προσέχειν, εἴπερ ποτὲ, καὶ νῦν,
χρήματα εἰσφέροντας προθύμως, καὶ αὐτοὺς ἐξιόντας, καὶ μη-
δὲν ἐλλείποντας. Οὐδὲ γὰρ λόγος οὐδὲ σκῆψις ἔθ' ὑμῖν τοῦ μὴ τὰ
δέοντα ποιεῖν ἐθέλειν ὑπολείπεται. Νυνὶ γὰρ, ὃ πάντες ἐθρυλεῖτε,

un immense avantage pour exécuter avec promptitude et opportunité
tous les mouvements qu'exige la guerre. Mais cela même tourne contre son projet favori de se réconcilier avec les Olynthiens : car ceux-ci
reconnaissent aujourd'hui qu'ils ne combattent plus ni pour l'honneur,
ni pour quelque partie de leur territoire, mais qu'il s'agit de la ruine
et de l'esclavage de leur patrie ; ils savent comment il a traité les Am-
phipolitains qui lui ont livré leur ville et ceux des Pydnéens qui l'ont
introduit chez eux ; d'ailleurs je pense qu'en général un roi est toujours suspect à une république, surtout quand leurs États sont limi-
trophes.

Pour vous, Athéniens, qui connaissez ces événements, et qui faites
sur tant d'autres les réflexions qu'ils méritent, il faut, croyez-moi,
que votre volonté soit ferme, que votre zèle redouble ; que vous vous
attachiez à la guerre plus que jamais, que vous payiez avec empressement vos impôts selon votre fortune, que vous vous mettiez vous-
mêmes en campagne, que vous ne négligiez rien. Il ne vous reste plus
ni prétexte, ni faux-fuyant pour ne pas vouloir faire ce qu'exige la

προέχει μὲν πολλῷ	d'une-part a-l'avantage de beaucoup
πρὸς τὸ πράττεσθαι ταχὺ	pour le faire promptement
καὶ κατὰ καιρὸν	et selon l'opportunité
τὰ τοῦ πολέμου,	les-choses de la guerre,
ἔχει δὲ ἐναντίως	mais se trouve-disposé contrairement
πρὸς τὰς καταλλαγὰς	pour les accommodements ,
ἃς ἐκεῖνος ἂν ποιήσαιτο ἄσμενος	que celui-là ferait volontiers
πρὸς Ὀλυνθίους.	avec les Olynthiens.
Ἔστι γὰρ δῆλον τοῖς Ὀλυνθίοις,	Car il est clair *pour* les Olynthiens ,
ὅτι πολεμοῦσι νῦν	que ils combattent maintenant
οὐ περὶ δόξης	non au sujet de la gloire,
οὐδὲ ὑπὲρ μέρους χώρας,	ni-même pour une portion de pays,
ἀλλὰ ἀναστάσεως	mais *touchant* la ruine
καὶ ἀνδραποδισμοῦ τῆς πατρίδος ·	et l'asservissement de la patrie ;
καὶ ἴσασιν ἃ ἐποίησε	et ils savent ce-qu'il a fait
τούς τε Ἀμφιπολιτῶν	et à ceux *d'entre* les Amphipolitains
παραδόντας τὴν πόλιν αὐτῷ,	ayant livré la ville à lui,
καὶ τοὺς Πυδναίων ·	et à ceux *d'entre* les Pydnéens
ὑποδεξαμένους ·	*l'*ayant reçu ;
καὶ ὅλως ἡ τυραννὶς, οἶμαι,	et en un mot la royauté, je pense,
ἄπιστον ταῖς πολιτείαις,	*est* chose-suspecte aux républiques,
ἄλλως τε κἂν	et sous-d'autres-rapports et si
ἔχωσι χώραν ὅμορον.	elles occupent un pays limitrophe.
Φημὶ οὖν δεῖν,	Je dis donc falloir,
ὦ ἄνδρες Ἀθηναῖοι,	ô hommes Athéniens,
ὑμᾶς ἐγνωκότας ταῦτα,	vous ayant connu ces-choses
καὶ ἐνθυμουμένους πάντα τὰ ἄλλα	et concevant toutes les autres
ἃ προσήκει,	lesquelles il convient,
ἐθελῆσαι καὶ παροξυνθῆναι,	avoir voulu et avoir été animés,
καὶ προσέχειν τῷ πολέμῳ ,	et vous appliquer à la guerre,
εἴπερ ποτὲ,	si-toutefois jamais *vous l'avez fait,*
καὶ νῦν,	*le faisant* encore maintenant,
εἰσφέροντας χρήματα	apportant *à la masse* des fonds
προθύμως ,	avec-ardeur,
καὶ ἐξιόντας αὐτοὺς,	et sortant *vous-*mêmes,
καὶ ἐλλείποντας μηδέν.	et *ne* négligeant rien.
Οὐδὲ γὰρ λόγος οὐδὲ σκῆψις	Car ni raison ni prétexte
τοῦ μὴ ἐθέλειν ποιεῖν τὰ δέοντα	du ne pas vouloir faire ce qu'il faut
ὑπολείπεται ἔτι ὑμῖν.	*n'*est laissé encore à vous.
Νυνὶ γὰρ,	Car maintenant,

ὡς Ὀλυνθίους ἐκπολεμῶσαι δεῖ Φιλίππῳ, γέγονεν αὐτόματον,
καὶ ταῦθ᾽ ὡς ἂν ὑμῖν μάλιστα συμφέροι. Εἰ μὲν γὰρ ὑφ᾽ ὑμῶν
πεισθέντες ἀνείλοντο τὸν πόλεμον, σφαλεροὶ σύμμαχοι καὶ μέχρι
του¹ ταῦτ᾽ ἂν ἐγνωκότες ἦσαν ἴσως. Ἐπειδὴ δ᾽ ἐκ τῶν πρὸς αὐτοὺς ἐγκλημάτων μισοῦσι, βεβαίαν εἰκὸς τὴν ἔχθραν αὐτοὺς ὑπὲρ
ὧν φοβοῦνται καὶ πεπόνθασιν ἔχειν.

III. Οὐ δεῖ δὴ τοιοῦτον, ὦ ἄνδρες Ἀθηναῖοι, παραπεπτω-
κότα καιρὸν ἀφεῖναι, οὐδὲ παθεῖν ταὐτὸν, ὅπερ ἤδη πολλάκις
πρότερον πεπόνθατε. Εἰ γὰρ, ὅθ᾽ ἥκομεν Εὐβοεῦσι βεβοηθηκό-
τες², καὶ παρῆσαν³ Ἀμφιπολιτῶν Ἱέραξ καὶ Στρατοκλῆς ἐπὶ
τουτὶ τὸ βῆμα, κελεύοντες ἡμᾶς ἐκπλεῖν καὶ παραλαμβάνειν
τὴν πόλιν, τὴν αὐτὴν παρειχόμεθ᾽ ἡμεῖς [καὶ] ὑπὲρ ἡμῶν αὐτῶν
προθυμίαν⁴, ἥνπερ ὑπὲρ τῆς Εὐβοέων σωτηρίας, εἴχετ᾽ ἂν
Ἀμφίπολιν τότε, καὶ πάντων τῶν μετὰ ταῦτα ἂν ἦτε ἀπηλλα-

nécessité; car aujourd'hui, ce que vous demandiez tous, qu'une guerre
s'allumât entre les Olynthiens et Philippe, s'offre de soi-même, et cela,
de la manière qui vous est la plus avantageuse. S'ils avaient pris les
armes à votre instigation, peut-être seraient-ils des alliés peu sûrs, et
ne persisteraient-ils que pour un temps; mais puisque leur haine est
fondée sur des griefs dont il s'est rendu coupable à leur égard, il est
vraisemblable que leur inimitié contre l'objet de leurs craintes et de
leurs maux sera durable

III. Il ne faut donc pas, Athéniens, laisser échapper une telle occasion, qui s'offre d'elle-même, ni retomber encore dans la même
faute, que vous avez déjà commise si souvent. Car si, à l'époque où
nous venions de secourir l'Eubée, et où les députés d'Amphipolis,
Hiérax et Stratoclès, parurent à cette tribune, nous pressant de mettre à la voile et de prendre leur ville sous notre protection, nous eussions montré pour nos propres intérêts la même ardeur que nous venions de déployer pour le salut des Eubéens, vous vous seriez emparés
alors d'Amphipolis, et vous auriez été délivrés de tous les embarras

ὃ πάντες ἐθρυλεῖτε,	ce-que tous vous répétiez,
ὡς δεῖ ἐκπολεμῶσαι	que il faut avoir mis-en-guerre
Ὀλυνθίους Φιλίππῳ,	les Olynthiens contre Philippe,
γέγονεν αὐτόματον,	est arrivé de soi-même,
καὶ ταῦτα	et cela,
ὡς ἂν συμφέροι μάλιστα ὑμῖν.	comme il devait-servir le plus à vous.
Εἰ μὲν γὰρ	Car certes si
ἀνείλοντο τὸν πόλεμον	ils se fussent chargés de la guerre
πεισθέντες ὑπὸ ὑμῶν,	persuadés par vous,
ἦσαν ἂν ἴσως	ils seraient peut-être
σύμμαχοι σφαλεροὶ	des alliés glissants
καὶ ἐγνωκότες ταῦτα	et pensant ces *choses*
μέχρι του.	jusqu'à un certain *temps seulement.*
Ἐπειδὴ δὲ μισοῦσιν	Mais attendu qu'ils haïssent *lui*
ἐκ τῶν ἐγκλημάτων πρὸς αὐτούς,	d'après les griefs envers eux-mêmes,
εἰκὸς αὐτοὺς ἔχειν	*il est* naturel eux avoir
τὴν ἔχθραν βεβαίαν	la haine solide
ὑπὲρ ὧν φοβοῦνται	à cause de ce-que ils craignent
καὶ πεπόνθασιν.	et ont souffert *déjà.*
III. Οὐ δεῖ δὴ,	III. Il ne faut pas certes,
ὦ ἄνδρες Ἀθηναῖοι,	ô hommes Athéniens,
ἀφεῖναι καιρὸν τοιοῦτον	laisser-échapper une occasion telle
παραπεπτωκότα,	s'étant présentée *d'elle-même,*
οὐδὲ παθεῖν ταὐτὸν	ni avoir éprouvé la même-chose
ὅπερ πεπόνθατε	laquelle vous avez éprouvée
πολλάκις ἤδη πρότερον.	souvent déjà précédemment.
Εἰ γὰρ, ὅτε ἥκομεν	Car si, quand nous fûmes-de-retour
βεβοηθηκότες Εὐβοεῦσι	ayant porté-secours aux Eubéens,
καὶ Ἱέραξ καὶ Στρατοκλῆς	et *que* Hiérax et Stratoclès
Ἀμφιπολιτῶν	*envoyés* des Amphipolitains
παρῆσαν ἐπὶ τουτὶ τὸ βῆμα,	étaient-présents à cette tribune,
κελεύοντες ἡμᾶς ἐκπλεῖν	engageant nous à nous-mettre-en-mer
καὶ παραλαμβάνειν τὴν πόλιν,	et à recevoir la ville *d'eux,*
ἡμεῖς παρειχόμεθα	nous eussions montré
[καὶ] ὑπὲρ ἡμῶν αὐτῶν	aussi pour nous-mêmes
τὴν αὐτὴν προθυμίαν ἥνπερ	la même ardeur que
ὑπὲρ τῆς σωτηρίας Εὐβοέων,	pour le salut des Eubéens,
εἴχετε ἂν Ἀμφίπολιν τότε,	vous eussiez eu Amphipolis alors,
καὶ ἂν ἦτε ἀπηλλαγμένοι [τα.	et vous eussiez été débarrassés
πάντων τῶν πραγμάτων μετὰ ταῦ-	de toutes les affaires *venues* après cela.

1.

γμένοι πραγμάτων. Καὶ πάλιν, ἡνίκα Πύδνα[1], Ποτίδαια, Μεθώνη, Παγασαὶ, τἄλλα, ἵνα μὴ καθ' ἕκαστα λέγων διατρίβω,
πολιορκούμενα ἀπηγγέλλετο, εἰ τότε τούτων ἑνὶ τῷ πρώτῳ προθύμως καὶ ὡς προσῆκεν ἐβοηθήσαμεν αὐτοὶ, ῥᾷονι καὶ πολὺ
ταπεινοτέρῳ νῦν ἂν ἐχρώμεθα τῷ Φιλίππῳ. Νῦν δὲ τὸ μὲν παρὸν
ἀεὶ προϊέμενοι, τὰ δὲ μέλλοντα αὐτόματ' οἰόμενοι σχήσειν καλῶς,
ηὐξήσαμεν, ὦ ἄνδρες Ἀθηναῖοι, Φίλιππον ἡμεῖς, καὶ κατεστήσαμεν τηλικοῦτον, ἡλίκος οὐδείς πώ ποτε βασιλεὺς γέγονε Μακεδονίας. Νυνὶ δὴ καιρὸς ἥκει τις, οὗτος ὁ τῶν Ὀλυνθίων,
αὐτόματος τῇ πόλει, ὃς οὐδενός ἐστιν ἐλάττων τῶν προτέρων
ἐκείνων.

IV. Καὶ ἔμοιγε δοκεῖ τις ἂν, ὦ ἄνδρες Ἀθηναῖοι, δίκαιος λογιστὴς τῶν παρὰ τῶν θεῶν ἡμῖν ὑπηργμένων[2] καταστὰς, καίπερ
οὐκ ἐχόντων ὡς δεῖ πολλῶν, ὅμως μεγάλην ἂν ἔχειν αὐτοῖς χάριν εἰκότως· τὸ μὲν γὰρ πολλὰ ἀπολωλεκέναι κατὰ τὸν πόλεμον,
τῆς ἡμετέρας ἀμελείας ἄν τις θείη δικαίως, τὸ δὲ μήτε πάλαι

qui vous ont tourmentés depuis. De même encore, si, lorsqu'on vous
annonça le siége de Pydna, de Potidée, de Méthone, de Pagases, et de
tant d'autres places qu'il serait trop long d'énumérer une à une, nous
eussions secouru avec zèle et comme il convenait une seule d'entre
elles, la première, nous trouverions aujourd'hui Philippe bien
plus traitable et bien plus humble. Mais au lieu de cela, à force de
négliger toujours le présent et de croire que l'avenir s'améliorera de
lui-même, nous avons, Athéniens, nous avons, par notre propre fait,
agrandi Philippe, et nous l'avons élevé à un degré de puissance où jamais encore n'était parvenu aucun roi de Macédoine. Cependant voici
qu'une nouvelle occasion s'offre d'elle-même à la république, celle du
siége d'Olynthe, non moins favorable qu'aucune des précédentes.

IV. En vérité, Athéniens, quoique bien des choses laissent encore à
désirer, il me semble que celui qui voudrait apprécier avec justice
tout ce que les Dieux ont fait pour nous, serait pénétré envers eux, à
juste titre, d'une profonde reconnaissance : et en effet, si nous avons
fait dans la guerre des pertes considérables, c'est à notre négligence
qu'il est juste de les imputer ; mais que nous ne les ayons pas éprou-

Καὶ πάλιν, ἡνίκα Πύδνα,
Ποτίδαια, Μεθώνη, Παγασαὶ,
τὰ ἄλλα,
ἵνα μὴ διατρίϐω
λέγων κατὰ ἕκαστα,
ἀπηγγέλλετο πολιορκούμενα,
εἰ τότε αὐτοὶ ἐϐοηθήσαμεν
προθύμως καὶ ὡς προσῆκεν
ἑνὶ τούτων τῷ πρώτῳ,
ἐχρώμεθα ἂν νῦν
τῷ Φιλίππῳ ῥᾴονι
καὶ πολὺ ταπεινοτέρῳ.
Νῦν δὲ
προϊέμενοι μὲν ἀεὶ τὸ παρὸν,
οἰόμενοι δὲ τὰ μέλλοντα
σχήσειν καλῶς αὐτόματα,
ἡμεῖς ηὐξήσαμεν Φίλιππον,
ὦ ἄνδρες Ἀθηναῖοι,
καὶ κατεστήσαμεν τηλικοῦτον,
ἡλίκος οὐδεὶς βασιλεὺς Μακεδονίας
γέγονε πώποτε.
Νυνὶ δὴ καιρὸς
οὗτος ὁ τῶν Ὀλυνθίων
ἥκει αὐτόματος τῇ πόλει,
ὅστις ἐστὶν ἐλάττων
οὐδενὸς ἐκείνων τῶν προτέρων.
  IV. Καί τις ἂν καταστὰς,
ὦ ἄνδρες Ἀθηναῖοι,
λογιστὴς δίκαιος τῶν
ὑπηργμένων ἡμῖν παρὰ τῶν θεῶν,
καίπερ πολλῶν
οὐκ ἐχόντων ὡς δεῖ,
δοκεῖ ὅμως ἔμοιγε
ἔχειν ἂν αὐτοῖς εἰκότως
μεγάλην χάριν·
τὸ μὲν γὰρ ἀπολωλεκέναι πολλὰ
κατὰ τὸν πόλεμον,
τὶς ἂν θείη δικαίως
τῆς ἡμετέρας ἀμελείας,
τὸ δὲ μήτε πεπονθέναι

Et encore, lorsque Pydna,
Potidée, Méthone, Pagases,
et les autres *places*,
pour que je n'use pas *le temps*
citant *elles* quant à chacune,
furent annoncées étant assiégées,
si alors nous-mêmes avions secouru
avec-ardeur et comme il convenait
une-seule d'elles, la première,
nous nous servirions aujourd'hui
de Philippe plus traitable
et beaucoup plus humble.
Mais voici-que,
et abandonnant toujours le présent,
et pensant les *choses* futures
devoir être bien d'elles-mêmes,
nous-*mêmes* avons agrandi Philippe,
ô hommes Athéniens,
et avons établi *lui* aussi-grand,
que aucun roi de Macédoine
n'a été encore-jamais.
Mais certes voici-qu'une occasion,
celle des Olynthiens,
vient spontanée à la ville,
laquelle n'est moindre
que nulle de celles-là les précédentes.
  IV. Et quelqu'un s'étant posé,
ô hommes Athéniens,
appréciateur juste des choses
fournies à nous de la part des dieux,
quoique beaucoup de *choses*
n'étant pas comme il faut,
paraît pourtant à moi du moins
devoir avoir envers eux à-bon-droit
une grande reconnaissance :
car le d'un-côté avoir perdu beaucoup
pendant la guerre,
on pourrait-mettre *cela* avec-justice
au compte de notre négligence;
mais le n'avoir pas éprouvé

τοῦτο πεπονθέναι, πεφηνέναι τέ τινα ἡμῖν συμμαχίαν τούτων
ἀντίῤῥοπον, ἂν βουλώμεθα χρῆσθαι, τῆς παρ' ἐκείνων εὐνοίας
εὐεργέτημ' ἂν ἔγωγε θείην. Ἀλλ', οἶμαι, παρόμοιόν ἐστιν ὅπ ερ
καὶ περὶ τῆς τῶν χρημάτων κτήσεως. Ἂν μὲν γὰρ, ὅσα ἄν τις
λάβῃ, καὶ σώσῃ, μεγάλην ἔχει τῇ τύχῃ τὴν χάριν · ἂν δ' ἀνα-
λώσας λάθῃ, συνανάλωσε καὶ τὸ μεμνῆσθαι [τῇ τύχῃ] τὴν χάριν. Καὶ περὶ τῶν πραγμάτων οὕτως οἱ μὴ χρησάμενοι τοῖς
καιροῖς ὀρθῶς, οὐδ' εἰ συνέβη τι παρὰ τῶν θεῶν χρηστὸν, μνη-
μονεύουσι· πρὸς γὰρ τὸ τελευταῖον ἐκβὰν ἕκαστον τῶν προϋπαρ-
ξάντων ὡς τὰ πολλὰ κρίνεται. Διὸ καὶ σφόδρα δεῖ τῶν λοιπῶν
ἡμᾶς, ὦ ἄνδρες Ἀθηναῖοι, φροντίσαι, ἵνα ταῦτ' ἐπανορθωσάμενοι
τὴν ἐπὶ τοῖς πεπραγμένοις ἀδοξίαν ἀποτριψώμεθα. Εἰ δὲ προη-
σόμεθα, ὦ ἄνδρες Ἀθηναῖοι, καὶ τούτους τοὺς ἀνθρώπους, εἶτ'

vées depuis longtemps déjà, qu'il se présente à nous une alliance ca-
pable de nous indemniser, si toutefois nous voulons la mettre à profit,
ce sont là, selon moi, des bienfaits qui ne sont dus qu'à leur bienveillance. Mais il en est de ceci, à ce qu'il me semble, comme de la pos-
session des biens. Conserve-t-on tout ce qu'on a reçu de la fortune, on
lui en a une grande reconnaissance; se trouve-t-il, au contraire, qu'on
ait insensiblement dissipé ce qu'on avait, le souvenir du bienfait et la
reconnaissance se sont dissipés dans la même proportion. De même,
en matière d'affaires publiques, ceux qui n'ont pas su profiter des circonstances favorables, oublient même les bienfaits qu'ils ont pu recevoir des Dieux; car le plus souvent on ne juge des événements anté-
rieurs que par le résultat final. C'est pourquoi, Athéniens, il faut
prendre vivement à cœur le salut de ce qui nous reste, afin qu'en l'a-
méliorant nous effacions l'opprobre de notre conduite passée. Mais si
nous abandonnons encore ces hommes, Athéniens, et que par suite

τοῦτο πάλαι,	cela depuis-longtemps,
τινά τε συμμαχίαν πεφηνέναι ἡμῖν	et une alliance s'être montrée à nous
ἀντίῤῥοπον τούτων,	venant-en-contre-poids de ces-choses,
ἂν βουλώμεθα χρῆσθαι,	si nous voulons user d'*elle*,
ἔγωγε ἂν θείην	moi-du-moins je *le* placerai *comme*
εὐεργέτημα τῆς εὐνοίας	un bienfait de la bienveillance
παρὰ ἐκείνων.	de-la-part de ceux-là.
Ἀλλὰ, οἶμαι, ὅπερ καὶ	Du reste, je pense, ce-qui *a lieu* aussi
περὶ τῆς κτήσεως τῶν χρημάτων,	pour la possession des richesses,
ἐστὶ παρόμοιον.	est très-analogue.
Ἂν μὲν γὰρ	En effet si d'une part [rir,
ὅσα τις ἂν λάβῃ,	tout ce-que quelqu'un aura pu-acqué-
καὶ σώσῃ,	il aura conservé aussi *cela*,
ἔχει τὴν χάριν	il a la reconnaissance
μεγάλην τῇ τύχῃ·	grande envers la fortune ;
ἂν δὲ λάθῃ	mais si il a été caché *à lui-même*
ἀναλώσας,	ayant perdu *ce qu'il avait*,
συνανάλωσε καὶ	il a perdu-tout-ensemble aussi
τὸ μεμνῆσθαι τὴν χάριν	le se souvenir de la reconnaissance
τῇ τύχῃ.	envers la fortune.
Οὕτω καὶ περὶ τῶν πραγμάτων	De même aussi au sujet des affaires
οἱ μὴ χρησάμενοι ὀρθῶς	ceux n'ayant pas usé bien
τοῖς καιροῖς	des circonstances-favorables
οὐδὲ μνημονεύουσιν	ne se souviennent pas-même
εἴ τι χρηστὸν	si quelque-chose *d*'avantageux
συνέβη παρὰ τῶν θεῶν·	est arrivé de la part des dieux ;
ἕκαστον γὰρ τῶν προϋπαρξάντων	car chacune des-choses ayant précédé
κρίνεται	est jugée
ὡς τὰ πολλὰ	comme la plupart *le sont*
πρὸς τὸ τελευταῖον ἐκβάν.	eu-égard-à la dernière arrivée.
Διὸ καὶ δεῖ ἡμᾶς,	C'est-pourquoi aussi il faut nous,
ὦ ἄνδρες Ἀθηναῖοι,	ô hommes Athéniens,
φροντίσαι σφόδρα τῶν λοιπῶν,	nous occuper fort des-choses restant,
ἵνα ἐπανορθωσάμενοι ταῦτά	afin que ayant redressé elles
ἀποτριψώμεθα τὴν ἀδοξίαν	nous ayons effacé la honte
ἐπὶ τοῖς πεπραγμένοις.	au sujet de celles accomplies.
Εἰ δὲ προησόμεθα,	Mais si nous abandonnerons,
ὦ ἄνδρες Ἀθηναῖοι,	ô hommes Athéniens,
καὶ τούτους τοὺς ἀνθρώπους,	encore ces hommes,
εἶτα ἐκεῖνος	*et si* par-suite celui-là

Ὄλυνθον ἐκεῖνος καταστρέψεται, φρασάτω τις ἐμοὶ, τί τὸ κωλῦον ἔτ᾽ αὐτὸν ἔσται βαδίζειν ὅποι βούλεται.

V. Ἆρά γε λογίζεταί τις ὑμῶν, ὦ ἄνδρες Ἀθηναῖοι, καὶ θεωρεῖ τὸν τρόπον, δι᾽ ὃν μέγας γέγονεν, ἀσθενὴς ὢν τὸ κατ᾽ ἀρχὰς Φίλιππος; Τὸ πρῶτον Ἀμφίπολιν[1] λαβὼν, μετὰ ταῦτα Πύδναν, πάλιν Ποτίδαιαν, Μεθώνην αὖθις, εἶτα Θετταλίας ἐπέβη· μετὰ ταῦτα Φερὰς, Παγασὰς, Μαγνησίαν, πάνθ᾽ ὃν ἐβούλετο εὐτρεπίσας τρόπον, ᾤχετ᾽ εἰς Θρᾴκην· εἶτ᾽ ἐκεῖ τοὺς μὲν ἐκβαλὼν[2], τοὺς δὲ καταστήσας τῶν βασιλέων, ἠσθένησε· πάλιν ῥαΐσας οὐκ ἐπὶ τὸ ῥᾳθυμεῖν ἀπέκλινεν, ἀλλ᾽ εὐθὺς Ὀλυνθίοις ἐπεχείρησε. Τὰς[3] δ᾽ ἐπ᾽ Ἰλλυριοὺς καὶ Παίονας αὐτοῦ καὶ πρὸς Ἀρύμβαν[4], καὶ ὅποι τις ἂν εἴποι, παραλείπω στρατείας.

Τί οὖν, ἄν τις εἴποι, ταῦτα λέγεις ἡμῖν νῦν; ἵνα γνῶτε, ὦ ἄνδρες Ἀθηναῖοι, καὶ αἴσθησθε ἀμφότερα, καὶ τὸ προΐεσθαι καθ᾽ ἕκαστον ἀεί τι τῶν πραγμάτων ὡς ἀλυσιτελὲς, καὶ τὴν

Philippe soumette Olynthe, qu'on me dise qui l'empêchera alors de marcher partout où il voudra.

V. En est-il un seul parmi vous, Athéniens, qui calcule, qui considère en lui-même les moyens par lesquels ce Philippe, si faible dans le principe, est devenu si grand? Il commença par s'emparer d'Amphipolis, puis de Pydna, puis de Potidée, puis encore de Méthone; ensuite il envahit la Thessalie; puis, quand il eut bouleversé à son gré et Phères, et Pagases, et Magnésie, il se tourna vers la Thrace; là il chassa des rois, il en établit d'autres; sur ces entrefaites il tomba malade; mais à peine rétabli, loin de se laisser aller à l'indolence, il attaqua sur-le-champ les Olynthiens. Et je ne parle pas de ses expéditions contre les Illyriens et les Péoniens, contre Arymbas, et en un mot partout.

Mais pourquoi tous ces détails? me dira-t-on; c'est pour que vous sachiez, Athéniens, pour que vous sentiez bien deux choses : combien est funeste cette nonchalance qui vous fait négliger successivement

καταστρέψεται Ὄλυνθον,
τὶς φρασάτω ἐμοὶ
τί ἔσται τὸ κωλῦον ἔτι αὐτὸν
βαδίζειν ὅποι βούλεται.

V. Ἆρά γέ τις ὑμῶν,
ὦ ἄνδρες Ἀθηναῖοι,
λογίζεται καὶ θεωρεῖ τὸν τρόπον
διὰ ὃν Φίλιππος γέγονε μέγας,
ὢν ἀσθενὴς
τὸ κατὰ ἀρχάς;
Λαβὼν τὸ πρῶτον Ἀμφίπολιν,
μετὰ ταῦτα Πύδναν,
πάλιν Ποτίδαιαν,
αὖθις Μεθώνην,
εἶτα ἐπέβη Θετταλίας·
μετὰ ταῦτα εὐτρεπίσας
τρόπον ὃν ἐβούλετο,
Φερὰς, Παγασὰς,
Μαγνησίαν, πάντα,
ᾤχετο εἰς Θράκην·
εἶτα ἐκεῖ ἐκβαλὼν τοὺς μὲν,
καταστήσας τοὺς δὲ τῶν βασιλέων,
ἠσθένησε·
ῥαΐσας πάλιν
οὐκ ἀπέκλινεν ἐπὶ τὸ ῥᾳθυμεῖν,
ἀλλὰ ἐπεχείρησεν εὐθὺς Ὀλυνθίοις.
Παραλείπω δὲ τὰς στρατείας αὐτοῦ
ἐπὶ Ἰλλυριοὺς καὶ Παίονας
καὶ πρὸς Ἀρύμβαν,
καὶ ὅποι τις ἂν εἴποι.

Τί οὖν, εἴποι ἄν τις,
λέγεις ταῦτα ἡμῖν νῦν;
ἵνα γνῶτε,
ὦ ἄνδρες Ἀθηναῖοι,
καὶ αἴσθησθε ἀμφότερα,
καὶ τὸ προΐεσθαι ἀεὶ
κατὰ ἕκαστον
τί τῶν πραγμάτων,
ὡς ἀλυσιτελὲς,
καὶ τὴν φιλοπραγμοσύνην·

soumettra Olynthe,
que quelqu'un ait dit à moi
quoi sera le empêchant encore lui
de marcher où il veut.

V. Est-ce-que du-moins quelqu'un de
ô hommes Athéniens,   [vous,
calcule et considère la manière
par laquelle Philippe est devenu grand
étant faible
dès le commencement ?
Ayant pris d'abord Amphipolis,
après cela Pydna,
puis-encore Potidée,
puis-encore Méthone,
ensuite il marcha sur la Thessalie ;
après cela ayant arrangé
de la manière que il voulait,
Phères, Pagases,
Magnésie, tout,
il passa en Thrace ;
puis là ayant renversé les uns,
et ayant établi les-autres des rois,
il tomba-malade ;
bien-portant de nouveau
il ne déclina pas vers le être-indolent,
mais attaqua aussitôt les Olynthiens.
Et j'omets les expéditions de lui
contre les Illyriens et les Péoniens
et contre Arymbas,
et où quelqu'un pourrait-dire.

Pourquoi donc, dira quelqu'un,
dis-tu ces-*choses* à nous maintenant ?
afin que vous ayez connu,
ô hommes Athéniens,
et ayez senti *ces* deux *choses*,
et le abandonner successivement
quant-à chacune
quelqu'une des affaires *se présentant*,
combien *cela est* désavantageux,
et l'activité,

φιλοπραγμοσύνην, ᾗ χρῆται καὶ συζῇ Φίλιππος, ὑφ' ἧς οὐκ
ἔστιν ὅπως ἀγαπήσας τοῖς πεπραγμένοις ἡσυχίαν σχήσει. Εἰ
δ' ὁ μὲν, ὡς ἀεί τι μεῖζον τῶν ὑπαρχόντων δεῖ πράττειν, ἐγνω-
κὼς ἔσται, ὑμεῖς δὲ ὡς οὐδενὸς ἀντιληπτέον ἐῤῥωμένως τῶν
πραγμάτων, σκοπεῖσθε εἰς τί ποτ' ἐλπὶς ταῦτα τελευτῆσαι. Πρὸς
θεῶν, τίς οὕτως εὐήθης ἐστὶν ὑμῶν, ὅστις ἀγνοεῖ τὸν ἐκεῖθεν
πόλεμον δεῦρο ἥξοντα, ἂν ἀμελήσωμεν; Ἀλλὰ μὴν εἰ τοῦτο
γενήσεται, δέδοικα, ὦ ἄνδρες Ἀθηναῖοι, μὴ τὸν αὐτὸν τρόπον,
ὥσπερ οἱ δανειζόμενοι ῥᾳδίως ἐπὶ τοῖς μεγάλοις τόκοις, μικρὸν
εὐπορήσαντες χρόνον, ὕστερον καὶ τῶν ἀρχαίων [1] ἀπέστησαν,
οὕτω καὶ ἡμεῖς, ἂν ἐπὶ πολλῷ [2] φανῶμεν ἐῤῥᾳθυμηκότες καὶ
ἅπαντα πρὸς ἡδονὴν ζητοῦντες, πολλὰ καὶ χαλεπὰ ὧν οὐκ ἠβου-
λόμεθα ὕστερον εἰς ἀνάγκην ἔλθωμεν ποιεῖν, καὶ κινδυνεύσωμεν
περὶ τῶν ἐν αὐτῇ τῇ χώρᾳ.

    VI. Τὸ μὲν οὖν ἐπιτιμᾶν ἴσως φήσαι τις ἂν ῥᾴδιον καὶ παν-

chacune des occasions qui se présentent, et combien est ardente au
contraire cette activité, l'âme et la vie de Philippe, qui ne lui permet
jamais de se contenter de ce qu'il a déjà fait, et qui lui rend le repos
impossible. Or si Philippe est déterminé à exécuter constamment des
desseins de plus en plus vastes, et que vous, au contraire, vous soyez
déterminés à ne rien embrasser avec vigueur, voyez quelle issue un
tel contraste laisse à vos espérances! Dieux! qui de vous est assez
simple pour ne pas voir que d'Olynthe la guerre viendra ici, si nous
la négligeons? Et, si cela arrivait, Athéniens! Ah! je crains bien qu'a-
lors, semblables à ces emprunteurs imprudents, qui, après s'être pro-
curé à gros intérêts une aisance passagère, se voient enfin dépouillés
de leur patrimoine, nous aussi, après avoir acheté bien cher l'indolence et la satisfaction de tous nos caprices, nous ne nous trouvions
plus tard réduits à la nécessité d'exécuter à contre-cœur mille entre-
prises difficiles, et de trembler pour nos propres foyers.

    VI. Le blâme est facile, me dira-t-on; il est à la portée du premier

ἥ Φίλιππος χρῆται	de laquelle Philippe use
καὶ συζῇ,	et avec *laquelle* il vit,
ὑπὸ ἧς οὐκ ἔστιν ὅπως	par-suite de laquelle il n'est pas que
ἀγαπήσας τοῖς πεπραγμένοις	se contentant des-choses faites
σχήσει ἡσυχίαν.	il puisse-garder le repos.
Εἰ δὲ ὁ μὲν	Or si lui d'une part
ἔσται ἐγνωκὼς	sera ayant résolu
ὡς δεῖ πράττειν ἀεὶ	que il faut faire toujours [est,
τὶ μεῖζον τῶν ὑπαρχόντων,	quelque-chose plus grand *que* ce qui
ὑμεῖς δὲ	et vous d'autre part
ὡς ἀντιληπτέον ἐρρωμένως	que il *ne* faut s'occuper fortement
οὐδενὸς τῶν πραγμάτων,	d'aucune des affaires,
σκοπεῖσθε εἰς τί	considérez à quoi
ἐλπὶς ταῦτα τελευτῆσαί ποτε.	espoir *est* cela avoir abouti enfin.
Πρὸς θεῶν,	De-par les Dieux,
τίς ὑμῶν ἐστιν οὕτως εὐήθης,	qui de vous est si simple,
ὅστις ἀγνοεῖ τὸν πόλεμον	lequel ignore la guerre
ἥξοντα ἐκεῖθεν δεῦρο,	devant venir de-là ici,
ἂν ἀμελήσωμεν;	si nous aurons négligé *elle*?
Ἀλλὰ μὴν εἰ τοῦτο γενήσεται,	Mais pourtant si cela sera arrivé,
ὦ ἄνδρες Ἀθηναῖοι,	ô hommes Athéniens,
δέδοικα, μὴ τὸν αὐτὸν τρόπον,	je crains que, *de* la même manière
ὥσπερ οἱ δανειζόμενοι ῥαδίως	comme ceux empruntant facilement
ἐπὶ τοῖς μεγάλοις τόκοις,	à de gros intérêts,
εὐπορήσαντες	ayant-été-dans-l'abondance
χρόνον μικρόν,	*pendant* un temps petit,
ἀπέστησαν ὕστερον	ont été dépossédés plus-tard
καὶ τῶν ἀρχαίων,	même du fonds,
οὕτω καὶ ἡμεῖς,	de même aussi nous,
ἂν φανῶμεν ἐρραθυμηκότες	si nous paraissions ayant été-indolents
ἐπὶ πολλῷ	à beaucoup de *frais*
καὶ ζητοῦντες ἄπαντα πρὸς ἡδονὴν,	et cherchant tout en vue du plaisir,
ἔλθωμεν ὕστερον	nous ne venions plus-tard
εἰς ἀνάγκην ποιεῖν	dans la nécessité de faire
πολλὰ καὶ χαλεπὰ	des *choses* nombreuses et pénibles
ὧν οὐκ ἠβουλόμεθα,	de *celles* que nous ne voulions pas,
καὶ κινδυνεύσωμεν	et *que* nous *ne* soyons-en-danger
περὶ τῶν	pour les *biens*
ἐν τῇ χώρᾳ αὐτῇ.	dans *notre* pays même.
VI. Τίς οὖν ἂν φήσαι ἴσως	Donc quelqu'un dirait peut-être

τὸς εἶναι, τὸ δ' ὑπὲρ τῶν παρόντων ὅ τι δεῖ πράττειν ἀποφαί-
νεσθαι, τοῦτ' εἶναι συμβούλου. Ἐγὼ δὲ οὐκ ἀγνοῶ μὲν, ὦ ἄνδρες Ἀθηναῖοι, τοῦθ', ὅτι πολλάκις ὑμεῖς οὐ τοὺς αἰτίους, ἀλλὰ
τοὺς ὑστάτους περὶ τῶν πραγμάτων εἰπόντας ἐν ὀργῇ ποιεῖσθε,
ἄν τι μὴ κατὰ γνώμην ἐκβῇ. Οὐ μὴν οἴομαί [γε] δεῖν τὴν ἰδίαν
ἀσφάλειαν σκοποῦνθ' ὑποστείλασθαι περὶ ὧν ὑμῖν συμφέρειν
ἡγοῦμαι. Φημὶ δὴ διχῇ βοηθητέον εἶναι τοῖς πράγμασιν ὑμῖν,
τῷ τε τὰς πόλεις¹ τοῖς Ὀλυνθίοις σώζειν καὶ τοὺς τοῦτο ποιήσον-
τας στρατιώτας ἐκπέμπειν, καὶ τῷ τὴν ἐκείνου χώραν κακῶς
ποιεῖν καὶ τριήρεσι καὶ στρατιώταις ἑτέροις. Εἰ δὲ θατέρου τούτων ὀλιγωρήσετε, ὀκνῶ μὴ μάταιος ὑμῖν ἡ στρατεία γένηται.
Εἴτε γὰρ, ὑμῶν τὴν ἐκείνου κακῶς ποιούντων, ὑπομείνας τοῦτο,
Ὄλυνθον παραστήσεται, ῥᾳδίως ἐπὶ τὴν οἰκείαν ἐλθὼν ἀμυ-

venu; mais indiquer les mesures nécessaires dans les circonstances du
moment, c'est là le propre d'un conseiller. Je le sais; je sais aussi,
Athéniens, que le plus souvent ce n'est pas sur les coupables, mais sur
ceux qui ont parlé les derniers, que vous déchargez votre colère, quand
les affaires n'ont pas tout le succès que vous attendiez. Néanmoins je
ne crois pas devoir, par égard pour ma sûreté personnelle, taire ce qui
me semble utile pour vous. Je dis donc qu'il faut un double secours :
une première armée, pour sauver les villes Olynthiennes; une seconde,
avec des galères, pour ravager le territoire de Philippe. Si vous négli-
gez l'un de ces deux moyens, je crains bien que votre expédition ne
devienne stérile. En effet, si vous vous bornez à ravager le pays de
Philippe, et que ce prince, sans s'en embarrasser, achève la conquête
d'Olynthe, il lui sera facile à son retour de défendre ses propres États;

τὸ ἐπιτιμᾶν εἶναι μὲν ῥᾴδιον,	le blâmer être aisé il-est-vrai
καὶ παντὸς,	et de tout *individu venu,*
τὸ δὲ ἀποφαίνεσθαι	mais le démontrer
ὅ τι δεῖ πράττειν	ce que il faut faire
ὑπὲρ τῶν παρόντων,	au sujet des *circonstances* présentes,
τοῦτο εἶναι συμβούλου.	ceci être d'un conseiller.
Ἐγὼ δὲ οὐκ ἀγνοῶ μὲν τοῦτο,	Or moi je n'ignore pas d'une part ceci,
ὦ ἄνδρες Ἀθηναῖοι,	ô hommes Athéniens,
ὅτι πολλάκις ὑμεῖς	que souvent vous
ποιεῖσθε ἐν ὀργῇ	vous faites-objet de colère
οὐ τοὺς αἰτίους,	non *certes* les auteurs *du mal,*
ἀλλὰ τοὺς εἰπόντας ὑστάτους	mais ceux ayant parlé les derniers
περὶ τῶν πραγμάτων,	sur les affaires,
ἄν τι ἐκβῇ	si quelque-chose est arrivé
μὴ κατὰ γνώμην.	non selon *votre* attente.
Οὐ μὴν οἴομαί [γε] δεῖν	Je ne pense pourtant pas certes falloir
σκοποῦντα τὴν ἀσφάλειαν ἰδίαν	*moi* considérant la sûreté personnelle
ὑποστείλασθαι	reculer (hésiter à parler)
περὶ ὧν ἡγοῦμαι συμφέρειν ὑμῖν.	sur ce-que je pense être-utile à vous.
Φημὶ δὴ	Donc je déclare
εἶναι βοηθητέον τοῖς πράγμασι	devoir être porté-secours aux affaires
διχῇ ὑμῖν,	de-deux-manières par vous,
τῷ τε σώζειν τὰς πόλεις	et par le sauver les villes
τοῖς Ὀλυνθίοις	aux Olynthiens
καὶ ἐκπέμπειν τοὺς στρατιώτας	et envoyer les soldats
ποιήσοντας τοῦτο,	devant accomplir cela,
καὶ τῷ ποιεῖν κακῶς	et par le traiter mal
καὶ τριήρεσι	et avec des galères
καὶ ἑτέροις στρατιώταις	et avec d'autres soldats
τὴν χώραν ἐκείνου.	le pays de celui-là.
Εἰ δὲ ὀλιγωρήσετε	Mais si vous négligerez
θατέρου τούτων,	l'une-des-deux de ces *choses,*
ὀκνῶ μὴ ἡ στρατεία	je crains que l'expédition
γένηται μάταιος ὑμῖν.	ne soit devenue vaine pour vous.
Εἴτε γὰρ	Car et si,
ὑμῶν ποιούντων κακῶς	vous traitant mal
τὴν ἐκείνου,	le *pays* de lui,
ὑπομείνας τοῦτο,	supportant-patiemment cela,
παραστήσεται Ὄλυνθον,	il soumettra Olynthe,
ἐλθὼν ἐπὶ τὴν οἰκείαν	revenu vers son propre *pays*

νεῖται · εἴτε, βοηθησάντων μόνον ὑμῶν εἰς Ὄλυνθον, ἀκινδύνως
ὁρῶν ἔχοντα τὰ οἴκοι, προσκαθεδεῖται καὶ προσεδρεύσει τοῖς
πράγμασι, περιέσται τῷ χρόνῳ τῶν πολιορκουμένων. Δεῖ δὴ
πολλὴν καὶ διχῇ τὴν βοήθειαν εἶναι.

Καὶ περὶ μὲν τῆς βοηθείας ταῦτα γιγνώσκω · περὶ δὲ χρημάτων πόρου, ἔστιν, ὦ ἄνδρες Ἀθηναῖοι, χρήματα ὑμῖν, ἔστιν[1]
ὅσα οὐδενὶ τῶν ἄλλων ἀνθρώπων στρατιωτικά · ταῦτα δὲ ὑμεῖς
οὕτως, ὡς βούλεσθε, λαμβάνετε. Εἰ μὲν οὖν ταῦτα τοῖς στρα-
τευομένοις ἀποδώσετε, οὐδενὸς ὑμῖν προσδεῖ πόρου · εἰ δὲ μὴ,
προσδεῖ, μᾶλλον δ' ἅπαντος ἐνδεῖ τοῦ πόρου. Τί οὖν, ἄν τις
εἴποι, σὺ γράφεις ταῦτ' εἶναι στρατιωτικά; Μὰ Δί', οὐκ ἔγωγε.
Ἐγὼ μὲν γὰρ ἡγοῦμαι στρατιώτας δεῖν κατασκευασθῆναι καὶ
εἶναι στρατιωτικὰ καὶ μίαν σύνταξιν εἶναι τὴν αὐτὴν τοῦ τε
λαμβάνειν καὶ τοῦ ποιεῖν τὰ δέοντα · ὑμεῖς δὲ οὕτω πως[2] ἄνευ

et si d'un autre côté vous vous contentez de secourir Olynthe, et que
Philippe, voyant ses domaines en sûreté, reste devant la ville, et puisse
épier à loisir toutes les occasions favorables, il finira avec le temps par
triompher des assiégés. Il faut donc un secours puissant, et sur deux
points à la fois.

Tel est mon avis sur le secours à porter. Quant à l'argent nécessaire, vous avez, Athéniens, vous avez plus de fonds militaires qu'aucun autre peuple ; mais ces fonds, vous les recevez à tel titre qu'il vous
plaît. Rendez-les aux armées, et vous n'avez besoin d'aucune autre
ressource ; sinon, vous avez besoin de ressources nouvelles, ou plu-
tôt toutes ressources vous manquent à la fois. Eh quoi ! dira-t-on ;
oses-tu donc proposer formellement d'affecter ces fonds aux armées ?
Moi ? Les Dieux m'en préservent ! Je pense seulement qu'il faut lever
une armée, que vous avez des fonds pour la payer, que recevoir
l'argent du trésor et en faire l'application nécessaire doivent être en
quelque sorte une seule et même chose. Pour vous, sans trop vous
mettre en peine des affaires, vous recevez cet argent pour subvenir

ἀμυνεῖται ῥᾳδίως ·	il *le* défendra facilement ;
εἴτε , ὑμῶν βοηθησάντων	et si, vous ayant secouru
μόνον εἰς Ὄλυνθον,	seulement vers Olynthe ,
ὁρῶν τὰ οἴκοι	voyant les *choses* chez-lui
ἔχοντα ἀκινδύνως,	étant sans-danger ,
προσκαθεδεῖται	il se placera-en-observation
καὶ προσεδρεύσει τοῖς πράγμασι,	et sera-à-l'affût des événements,
τῷ χρόνῳ περιέσται	avec le temps il triomphera
τῶν πολιορκουμένων.	des assiégés.
Δεῖ δὴ τὴν βοήθειαν	Donc il faut le secours
εἶναι πολλὴν καὶ διχῇ.	être abondant et *porté* doublement.
Καὶ περὶ τῆς βοηθείας μὲν	Et sur le secours d'une-part
γιγνώσκω ταῦτα ·	je pense ces-*choses ;*
περὶ δὲ πόρου χρημάτων,	puis , sur la contribution de fonds ,
ἔστιν ὑμῖν χρήματα,	il est à vous des fonds ,
ὦ ἄνδρες Ἀθηναῖοι ,	ô hommes Athéniens,
ἔστι στρατιωτικὰ	il *en* est de destinés-aux-troupes
ὅσα οὐδενὶ	autant-que à aucun
τῶν ἄλλων ἀνθρώπων ·	des autres hommes ;
ὑμεῖς δὲ λαμβάνετε ταῦτα	mais vous, vous recevez ces *fonds*
οὕτως ὡς βούλεσθε.	ainsi comme vous voulez.
Εἰ οὖν μὲν ἀποδώσετε ταῦτα	Si donc d'une part vous rendrez eux
τοῖς στρατευομένοις ,	à ceux portant-les-armes ,
προσδεῖ ὑμῖν	il *n'*est besoin-en-outre à vous
οὐδενὸς πόρου ·	d'aucune contribution ;
εἰ δὲ μὴ, προσδεῖ,	mais si non, besoin-est-en-outre,
μᾶλλον δὲ ἐνδεῖ	ou plutôt manque-absolu-existe
ἅπαντος πόρου.	de la contribution tout-entière.
Τί οὖν, εἴποι ἄν τις,	Quoi donc, pourra-dire quelqu'un ,
σὺ γράφεις	toi tu proposes
ταῦτα εἶναι στρατιωτικά ;	ces *fonds* être affectés-aux-treupes ?
Μὰ Δία, οὐκ ἔγωγε.	Non *par* Jupiter, non moi du moins.
Ἐγὼ μὲν γὰρ ἡγοῦμαι	Moi en effet, il est vrai, je-pense
δεῖν στρατιώτας κατασκευασθῆναι,	falloir des soldats avoir été préparés,
καὶ στρατιωτικὰ εἶναι ,	et des *fonds* affectés-aux-troupes être,
καὶ μίαν σύνταξιν εἶναι τὴν αὐτὴν	et un-seul système être le même
τοῦ τε λαμβάνειν	et *celui* du recevoir *des fonds,*
καὶ τοῦ ποιεῖν τὰ δέοντα ·	et *celui* du faire le nécessaire ;
ὑμεῖς δὲ οὕτω πως	mais vous ainsi en-quelque-sorte
λαμβάνετε εἰς τὰς ἑορτὰς	vous recevez *des fonds* pour les fêtes

πραγμάτων λαμβάνετε εἰς τὰς ἑορτάς. Ἔστι δὴ λοιπὸν, οἶμαι,
πάντας εἰσφέρειν, ἂν πολλῶν δέῃ, πολλὰ, ἂν ὀλίγων, ὀλίγα.
Δεῖ δὲ χρημάτων, καὶ ἄνευ τούτων οὐδὲν ἔστι γενέσθαι τῶν
δεόντων. Λέγουσι δὲ καὶ ἄλλους τινὰς ἄλλοι πόρους, ὧν ἕλεσθε,
ὅστις ὑμῖν συμφέρειν δοκεῖ · καὶ ἕως ἐστὶ καιρὸς, ἀντιλάβεσθε
τῶν πραγμάτων.

VII. Ἄξιον δὲ ἐνθυμηθῆναι καὶ λογίσασθαι τὰ πράγματα,
ἐν ᾧ καθέστηκε νυνὶ τὰ Φιλίππου. Οὔτε γὰρ, ὡς δοκεῖ καὶ
φήσειέ τις ἂν μὴ σκοπῶν ἀκριβῶς, εὐπρεπῶς οὐδ᾽ ὡς ἂν κάλ-
λιστ᾽ αὐτῷ τὰ παρόντ᾽ ἔχει · οὔτ᾽ ἂν ἐξήνεγκε τὸν πόλεμόν
ποτε τοῦτον ἐκεῖνος, εἰ πολεμεῖν ᾠήθη δεήσειν αὐτόν · ἀλλ᾽ ὡς
ἐπιὼν, ἅπαντα τότε ἤλπιζε τὰ πράγματα ἀναιρήσεσθαι, κᾆτα
διέψευσται. Τοῦτο δὴ πρῶτον αὐτὸν ταράττει παρὰ γνώμην γε-
γονὸς, καὶ πολλὴν ἀθυμίαν αὐτῷ παρέχει, εἶτα τὰ τῶν Θεττα-

aux frais de vos fêtes. Je ne vois plus alors d'autre parti que de con-
tribuer tous, pour beaucoup, si les besoins de l'État sont considérables, pour peu, s'ils le sont moins. Car il faut des fonds, et sans ces
fonds il est impossible de rien faire de ce qu'il faut. Mais d'autres orateurs vous indiquent d'autres ressources; choisissez donc celles qui
vous semblent les plus avantageuses, et, tandis qu'il en est temps encore, hâtez-vous d'agir.

VII. Il est une chose qui mérite aussi d'être mûrement examinée et
appréciée à sa juste valeur : c'est la situation actuelle des affaires de
Philippe. Non, sa fortune présente n'est ni aussi belle ni aussi brillante
que pourrait le croire et l'affirmer un observateur superficiel, et jamais
ce prince n'eût entrepris cette guerre, s'il eût cru être obligé de la sou-
tenir : en fondant sur Olynthe, il se flattait de tout réduire aussitôt
sous ses lois, et en cela il s'est trompé. Or cette déception d'abord le
trouble et le jette dans un grand découragement, et d'un autre côté
les dispositions des Thessaliens ne l'inquiètent pas moins. En effet,

ἄνευ πραγμάτων.	abstraction-faite des affaires.
Ἐστὶ δὴ λοιπὸν, οἶμαι,	Donc il est de-reste, je pense,
πάντας εἰσφέρειν πολλὰ,	tous apporter beaucoup
ἂν δέῃ πολλῶν,	si il est besoin de beaucoup,
ὀλίγα ἂν ὀλίγων.	peu, si *il est besoin* de peu.
Δεῖ δὲ χρημάτων,	Mais il est besoin de fonds,
καὶ ἄνευ τούτων	et sans eux
οὐδὲν τῶν δεόντων	aucune des *choses* nécessaires
ἔστι γενέσθαι.	*n'*est à être arrivée (ne peut se faire).
Ἄλλοι δὲ λέγουσι καὶ	Cependant d'autres indiquent encore
τινὰς ἄλλους πόρους,	quelques autres ressources-de-fonds
ὧν ἕλεσθε	desquelles choisissez
ὅστις δοκεῖ συμφέρειν ὑμῖν ·	laquelle semble être-utile à vous ;
καὶ ἀντιλάβεσθε τῶν πραγμάτων,	et emparez-vous des affaires,
ἕως καιρός ἐστιν.	tandis que temps est *encore*.
VII. Ἄξιον δὲ	VII. De plus *il est* valant-la-peine
ἐνθυμηθῆναι	de s'être-mis-dans-l'esprit
καὶ λογίσασθαι τὰ πράγματα,	et d'avoir calculé les affaires,
ἐν ᾧ τὰ Φιλίππου	dans quel *état* celles de Philippe
καθέστηκε νῦν.	sont établies maintenant.
Οὔτε γὰρ τὰ παρόντα	Car ni les *circonstances* présentes
ἔχει αὐτῷ εὐπρεπῶς,	*ne* sont pour lui brillamment,
ὡς δοκεῖ	comme *cela* semble
καί τις ἂν φήσειε	et *comme* quelqu'un aurait dit
μὴ σκοπῶν ἀκριβῶς,	n'examinant pas exactement,
οὐδὲ ὡς ἂν κάλλιστα ·	ni comme *elles seraient* le mieux ;
οὔτε ἐκεῖνός ποτε	ni celui-là jamais
ἐξήνεγκεν ἂν τοῦτον τὸν πόλεμον,	n'eût porté cette guerre,
εἰ ᾠήθη δεήσειν	s'il eût cru devoir-falloir
αὐτὸν πολεμεῖν ·	lui-même faire-la-guerre.
ἀλλὰ ἤλπιζε τότε	Mais il espérait alors
ἀναιρήσεσθαι	devoir emporter
ἅπαντα τὰ πράγματα,	toutes les affaires,
ὡς ἐπιὼν,	dès en arrivant *sur Olynthe*,
καὶ εἶτα διέψευσται.	et puis il s'est trompé.
Τοῦτο δὴ πρῶτον ταράττει αὐτὸν,	Or ceci d'abord trouble lui,
γεγονὸς παρὰ γνώμην,	étant arrivé contre *son* opinion,
καὶ παρέχει αὐτῷ	et fournit à lui
πολλὴν ἀθυμίαν,	un grand découragement,
εἶτα τὰ τῶν Θετταλῶν.	puis les *choses* des Thessaliens *aussi*.

λῶν. Ταῦτα [1] γὰρ ἄπιστα μὲν ἦν δήπου φύσει καὶ ἀεὶ πᾶσιν
ἀνθρώποις, κομιδῇ δ', ὥσπερ ἦν, καὶ ἔστι νῦν τούτῳ. Καὶ γὰρ
Παγασὰς [2] ἀπαιτεῖν αὐτόν εἰσιν ἐψηφισμένοι, καὶ Μαγνησίαν
κεκωλύκασι τειχίζειν. Ἤκουον δ' ἔγωγέ τινων, ὡς οὐδὲ τοὺς
λιμένας καὶ τὰς ἀγορὰς ἔτι δώσοιεν αὐτῷ καρποῦσθαι· τὰ γὰρ
κοινὰ τὰ Θετταλῶν ἀπὸ τούτων δέοι διοικεῖν, οὐ Φίλιππον
λαμβάνειν. Εἰ δὲ τούτων ἀποστερηθήσεται τῶν χρημάτων, εἰς
στενὸν [3] κομιδῇ τὰ τῆς τροφῆς τοῖς ξένοις αὐτῷ καταστήσεται.
Ἀλλὰ μὴν τόν γε Παίονα, καὶ τὸν Ἰλλυριὸν, καὶ ἁπλῶς τούτους ἅπαντας ἡγεῖσθαι χρὴ αὐτονόμους [4] ἥδιον ἂν καὶ ἐλευθέρους
ἢ δούλους εἶναι· καὶ γὰρ ἀήθεις τοῦ κατακούειν τινός εἰσι, καὶ
ἄνθρωπος ὑβριστὴς, ὥς φασι. Καὶ μὰ Δί' οὐδὲν ἄπιστον ἴσως·
τὸ γὰρ εὖ πράττειν παρὰ τὴν ἀξίαν ἀφορμὴ τοῦ κακῶς φρονεῖν

naturellement et de tout temps perfides envers tous les hommes, les
Thessaliens sont plus que jamais aujourd'hui pour Philippe ce qu'ils
ont toujours été : ils ont décrété de lui redemander Pagases, et l'ont
empêché de fortifier Magnésie; j'ai même entendu dire à quelques-uns
d'entre eux qu'ils allaient lui refuser désormais les revenus de leurs
ports et de leurs marchés, jugeant plus convenable d'affecter ces revenus à l'administration de l'État, que de les livrer à la cupidité de Philippe. Or, si ces ressources viennent à lui manquer, il sera fort embar-
rassé de pourvoir à l'entretien des étrangers qu'il soudoie. De plus il
est à croire que les Péoniens, que les Illyriens, que tous ces peuples
en un mot préféreraient volontiers l'indépendance et la liberté à l'esclavage; car ils ne sont pas habitués à obéir, et cet homme est, di-
sent-ils, un maître hautain et insolent. Et, par Jupiter! cette inculpa-
tion n'a rien de bien incroyable : car un succès non mérité devient ai-
sément pour l'insensé la source d'un coupable orgueil, ce qui fait

Ταῦτα μὲν γὰρ δήπου	Car d'une part certes ces *choses*
ἦν φύσει καὶ ἀεὶ	furent naturellement et toujours
ἄπιστα πᾶσιν ἀνθρώποις,	perfides pour tous les hommes ,
νῦν δὲ καὶ,	d'autre part maintenant encore,
ὥσπερ ἦν ,	comme elles furent *de tout temps,*
ἔστι κομιδῇ τούτῳ.	elles *le* sont tout-à-fait pour lui.
Καὶ γάρ εἰσιν ἐψηφισμένοι	Et en effet ils sont ayant décrété
ἀπαιτεῖν αὐτὸν Παγασὰς,	de redemander à lui Pagases,
καὶ κεκωλύκασι	et ont empêché
τειχίζειν Μαγνησίαν.	de fortifier Magnésie.
Ἔγωγε δὲ ἤκουόν τινων	Et moi j'ai appris de quelques-uns
ὡς οὐδὲ δώσοιεν ἔτι αὐτῷ	que ils ne donneraient plus à lui
καρποῦσθαι	pour *y* recueillir-des-produits
τοὺς λιμένας	les ports
καὶ τὰς ἀγοράς·	et (ni) les marchés ;
δέοι γὰρ	*que* en effet il faut
διοικεῖν ἀπὸ τούτων	administrer avec cela
τὰ κοινὰ	les *affaires* publiques
τὰ Θετταλῶν,	celles des Thessaliens,
οὐ Φίλιππον λαμβάνειν.	*et* non Philippe percevoir *cela.*
Εἰ δὲ ἀποστερηθήσεται	Or si il sera privé
τούτων τῶν χρημάτων ,	de ces revenus ,
τὰ τῆς τροφῆς τοῖς ξένοις	les *frais* des vivres pour les étrangers
καταστήσεται αὐτῷ	seront établis pour lui
κομιδῇ εἰς στενόν.	tout-à-fait à l'étroit.
Ἀλλὰ μὴν χρὴ ἡγεῖσθαι	Mais de plus il faut penser
τὸν Παίονά γε καὶ τὸν Ἰλλυριὸν	le Péonien du moins et l'Illyrien
καὶ ἁπλῶς ἅπαντας τούτους	et en un mot tous ceux-ci
ἂν εἶναι ἥδιον	devoir être plus volontiers
αὐτονόμους καὶ ἐλευθέρους	indépendants et libres
ἢ δούλους·	que esclaves ;
καὶ γάρ εἰσιν ἀήθεις	et en effet ils sont sans-l'habitude
τοῦ κατακούειν τινὸς,	d'obéir à quelqu'un,
καὶ ἄνθρωπος ὑβριστὴς,	et *cet* homme *est* insolent ,
ὡς φασι.	comme ils disent.
Καὶ μὰ Δία	Et, non par Jupiter,
οὐδὲν ἄπιστον ἴσως·	rien *là* d'incroyable sans-doute ;
τὸ γὰρ εὖ πράττειν παρὰ τὴν ἀξίαν	car le bien réussir au delà du mérite
γίγνεται τοῖς ἀνοήτοις	devient pour les insensés
ἀφορμὴ **τοῦ** φρονεῖν κακῶς·	le point-de-départ de penser mal ;

2

τοῖς ἀνοήτοις γίγνεται · διόπερ πολλάκις δοκεῖ τὸ φυλάξαι τἀ-
γαθὰ τοῦ κτήσασθαι χαλεπώτερον εἶναι.

VIII. Δεῖ τοίνυν ὑμᾶς, ὦ ἄνδρες Ἀθηναῖοι, τὴν ἀκαιρίαν
τὴν ἐκείνου καιρὸν ὑμέτερον νομίσαντας, ἑτοίμως συνάρασθαι
τὰ πράγματα, καὶ πρεσβευομένους ἐφ' ἃ δεῖ, καὶ στρατευομένους αὐτοὺς καὶ παροξύνοντας τοὺς ἄλλους ἅπαντας, λογιζομένους, εἰ Φίλιππος λάβοι καθ' ἡμῶν τοιοῦτον καιρόν, καὶ πόλεμος γένοιτο πρὸς τῇ χώρᾳ, πῶς ἂν αὐτὸν οἴεσθε ἑτοίμως ἐφ'
ἡμᾶς ἐλθεῖν; Εἶτ' οὐκ αἰσχύνεσθε, εἰ μηδ' ἃ πάθοιτ' ἄν, εἰ
δύναιτ' ἐκεῖνος, ταῦτα ποιῆσαι καιρὸν ἔχοντες οὐ τολμήσετε;

Ἔτι τοίνυν, ὦ ἄνδρες Ἀθηναῖοι, μηδὲ τοῦθ' ὑμᾶς λανθανέτω, ὅτι νῦν αἵρεσίς ἐστιν ὑμῖν, πότερ' ὑμᾶς ἐκεῖ χρὴ πολεμεῖν, ἢ παρ' ὑμῖν ἐκεῖνον. Ἐὰν μὲν γὰρ ἀντέχῃ τὰ τῶν Ὀλυνθίων, ὑμεῖς ἐκεῖ πολεμήσετε, καὶ τὴν ἐκείνου κακῶς ποιήσετε,
τὴν ὑπάρχουσαν [1] καὶ τὴν οἰκείαν ταύτην ἀδεῶς καρπούμενοι ·
ἂν δ' ἐκεῖνα Φίλιππος λάβῃ, τίς αὐτὸν ἔτι κωλύσει δεῦρο

même qu'il est souvent plus difficile de conserver des biens que de les
acquérir.

VIII. Vous devez donc, Athéniens, regarder comme favorable pour
vous l'occasion qui lui est défavorable, et venir avec empressement en
aide aux circonstances ; envoyez des ambassadeurs partout où leur
présence est nécessaire ; entrez vous-mêmes en campagne ; excitez par
votre exemple tous les autres peuples de la Grèce ; représentez-vous
Philippe trouvant contre nous une occasion aussi belle que celle-ci, celle
d'une guerre sur nos frontières : avec quelle ardeur ne pensez-vous
pas qu'il la saisit pour fondre sur nous ? Et vous ne rougissez pas de
n'oser lui faire, quand l'occasion s'en présente, tout le mal que vous
auriez à souffrir, s'il le pouvait ?

Enfin n'oubliez pas non plus, Athéniens, que c'est à vous de choisir
aujourd'hui si vous voulez l'attaquer dans ses foyers ou être attaqués
par lui dans les vôtres. Car si Olynthe résiste, c'est chez lui que vous
le combattrez, et, tandis que vous ravagerez son pays, vous jouirez
avec sécurité du vôtre propre et de toutes ses dépendances ; si, au contraire, Philippe s'empare de cette ville, qui l'empêchera ensuite de se

διόπερ πολλάκις
τὸ φυλάξαι τὰ ἀγαθὰ
δοκεῖ εἶναι χαλεπώτερον
τοῦ κτήσασθαι.

c'est pourquoi souvent
le avoir conservé les biens *acquis*
semble être plus difficile
que le avoir acquis.

VIII. Δεῖ τοίνυν ὑμᾶς,
ὦ ἄνδρες Ἀθηναῖοι,
νομίσαντας ὑμέτερον καιρὸν
τὴν ἀκαιρίαν τὴν ἐκείνου,
συνάρασθαι τὰ πράγματα ἑτοίμως
καὶ πρεσβευομένους
ἐπὶ ἃ δεῖ,
καὶ στρατευομένους αὐτοὺς
καὶ παροξύνοντας ἅπαντας τοὺς
λογιζομένους,   [ἄλλους,
εἰ Φίλιππος λάβοι
καιρὸν τοιοῦτον κατὰ ἡμῶν,
καὶ πόλεμος γένοιτο
πρὸς τῇ χώρᾳ,
πῶς ἑτοίμως
οἴεσθε αὐτὸν
ἂν ἐλθεῖν ἐπὶ ἡμᾶς;
Εἶτα οὐκ αἰσχύνεσθε,
εἰ ἔχοντες καιρὸν
μηδὲ οὐ τολμήσετε ποιῆσαι
ταῦτα ἃ πάθοιτε ἂν,
εἰ ἐκεῖνος δύναιτο;

VIII. Il faut donc vous,
ὁ hommes Athéniens,
ayant pensé votre temps-favorable
le contre-temps celui de lui,
avoir aidé les affaires avec-ardeur
et en envoyant-des-députés
vers les lieux vers lesquels il faut,
et en faisant-la-guerre vous-mêmes,
et en excitant tous les autres,
considérant,
si Philippe pouvait-avoir-saisi
une occasion telle contre nous,
et *si* la guerre était
près de *notre* pays,
combien avec-empressement
vous pensez lui
devoir venir contre nous?
Ensuite vous *ne* rougissez pas,
si ayant l'occasion
vous n'oserez pas avoir fait
ce que vous auriez souffert,
si celui-là pouvait?

Τοίνυν ἔτι,
ὦ ἄνδρες Ἀθηναῖοι,
μηδὲ τοῦτο λανθανέτω ὑμᾶς,
ὅτι αἵρεσίς ἐστιν ὑμῖν νῦν,
πότερα χρὴ
ὑμᾶς πολεμεῖν ἐκεῖ,
ἢ ἐκεῖνον παρὰ ὑμῖν.
Ἐὰν μὲν γὰρ
τὰ τῶν Ὀλυνθίων ἀντέχῃ,
ὑμεῖς πολεμήσετε ἐκεῖ,
καὶ ποιήσετε κακῶς τὴν ἐκείνου,
καρπούμενοι ἀδεῶς ταύτην
τὴν ὑπάρχουσαν καὶ τὴν οἰκείαν·
ἂν δὲ Φίλιππος λάβῃ ἐκεῖνα,

Et de plus encore,
ὁ hommes Athéniens,
que ceci n'échappe pas à vous,
que choix est à vous maintenant,
lequel-des-deux il faut,
vous faire-la-guerre là,
ou celui-là chez vous.
Car si d'une part
les *choses* des Olynthiens résistent,
vous, vous ferez-la-guerre là,
et traiterez mal le *pays* de lui,
exploitant sans-crainte celui-ci,
celui soumis *à vous* et le propre;
mais si Philippe a pris celles-là,

βαδίζειν ; Θηβαῖοι; μὴ λίαν πικρὸν εἰπεῖν ᾖ, καὶ συνεισβαλοῦσιν ἑτοίμως[1].Ἀλλὰ Φωκεῖς[2]; οἱ τὴν οἰκείαν οὐχ οἷοί τε ὄντες φυλάττειν , ἐὰν μὴ βοηθήσηθ' ὑμεῖς. Ἢ ἄλλος τις; Ἀλλ', ὦ τᾶν, οὐχὶ βουλήσεται. Τῶν ἀτοπωτάτων μέντ' ἂν εἴη, εἰ , ἃ νῦν ἄνοιαν ὀφλισκάνων[3] ὅμως ἐκλαλεῖ, ταῦτα δυνηθεὶς μὴ πράξει. Ἀλλὰ μὴν ἡλίκα γ' ἐστὶ τὰ διάφορα ἐνθάδε ἢ ἐκεῖ πολεμεῖν, οὐδὲ λόγου προσδεῖν ἡγοῦμαι. Εἰ γὰρ ὑμᾶς δεήσειεν αὐτοὺς τριάκοντα ἡμέρας μόνας ἔξω γενέσθαι, καὶ ὅσα ἀνάγκη στρατοπέδῳ χρωμένους τῶν ἐκ τῆς χώρας λαμβάνειν, μηδενὸς ὄντος ἐν αὐτῇ πολεμίου λέγω, πλέον ἂν οἶμαι ζημιωθῆναι τοὺς γεωργοῦντας [4] ὑμῶν, ἢ ὅσα [5] εἰς ἅπαντα τὸν πρὸ τοῦ πόλεμον δεδαπάνησθε. Εἰ δὲ δὴ πόλεμός τις ἥξει, πόσα χρὴ νομίσαι ζημιωθή-

jeter sur l'Attique? Les Thébains? C'est cruel à dire, mais eux aussi seront tout disposés à s'élancer avec lui contre nous. Les Phocéens? eux qui sont dans l'impuissance de garder leurs propres foyers, si vous n'allez à leur secours! Sera-ce enfin quelque autre peuple?... Mais, mon cher, me dira-t-on, Philippe n'en aura pas la volonté. Avouons pourtant que ce serait une chose des plus étranges que ces projets, qu'il publie hautement aujourd'hui au risque de passer pour un insensé, il ne les réalisât pas, quand il en aura le pouvoir. Quant à l'immense différence qu'il y a pour vous entre combattre ici ou combattre là-bas , je ne pense pas qu'il soit besoin de beaucoup de paroles pour vous le démontrer. Supposez en effet qu'il vous fallût, pendant trente jours seulement, camper hors de ces murs, et tirer des produits de votre territoire tout ce qu'exige l'entretien d'une armée (et ici ce n'est point d'une armée ennemie que je parle), le dommage de vos cultivateurs excéderait, je n'en doute pas, toutes les dépenses que la guerre vous a occasionnées jusqu'à ce jour. Si maintenant le théâtre des hostilités est transporté ici , calculez jusqu'où s'étendra ce dommage.

τίς κωλύσει ἔτι	qui empêchera encore
αὐτὸν βαδίζειν δεῦρο;	lui marcher ici ?
Θηβαῖοι ;	Les Thébains?
μὴ ᾖ λίαν πικρὸν εἰπεῖν,	que ce ne soit pas trop amer à dire,
καὶ ἑτοίμως	*eux* aussi volontiers
συνεισβαλοῦσιν.	se jetteront-avec-*lui*-sur *nous.*
Ἀλλὰ Φωκεῖς;	Mais les Phocéens?
οἱ οὐκ ὄντες οἷοί τε	ceux n'étant pas capables
φυλάττειν τὴν οἰκείαν,	de garder le propre *pays d'eux* ,
ἐὰν ὑμεῖς μὴ βοηθήσητε.	si vous n'aurez secouru *eux.*
Ἤ τις ἄλλος ;	Ou bien quelque autre?
Ἀλλὰ, ὦ τᾶν,	Mais, ô *mon* cher ,
οὐχὶ βουλήσεται.	il ne voudra pas.
Μέντοι ἂν εἴη	Pourtant *ce* serait
τῶν ἀτοπωτάτων,	*chose* des plus inconséquentes,
εἰ δυνηθεὶς μὴ πράξει	si, *le* pouvant , il ne fera pas
ταῦτα ἃ νῦν	ce que maintenant
ἐκλαλεῖ ὅμως ,	il annonce-hautement néanmoins ,
ὀφλισκάνων ἄνοιαν.	encourant-le-reproche de folie.
Ἀλλὰ μὴν ἡλίκα γε	Mais certes combien-grandes
τὰ διάφορα ἐστὶ	les différences sont
πολεμεῖν ἐνθάδε ἢ ἐκεῖ,	*entre* combattre ici ou là,
οὐδὲ ἡγοῦμαι	je ne pense même-pas
προσδεῖν λόγου.	être-besoin-en-outre de paroles.
Εἰ γὰρ δεήσειεν ὑμᾶς αὐτοὺς	Si en-effet il fallait vous mêmes
γενέσθαι ἔξω	avoir été hors *de vos murs*
τριάκοντα ἡμέρας μόνας,	trente jours seuls , [*vous*
καὶ λαμβάνειν τῶν ἐκ τῆς χώρας	et prendre des *choses* du territoire *de-*
ὅσα ἀνάγκη	tout-ce-que nécessité *est*
χρωμένους στρατοπέδῳ ,	*ceux* se servant d'une armée *prendre,*
λέγω μηδενὸς πολεμίου	je dis même-nul ennemi
ὄντος ἐν αὐτῇ,	n'étant dans lui,
οἶμαι τοὺς γεωργοῦντας ὑμῶν	je pense les cultivateurs de vous
ζημιωθῆναι ἂν πλέον	devoir éprouver-dommage plus
ἢ ὅσα δεδαπάνησθε	que tout ce que vous avez dépensé
εἰς ἅπαντα τὸν πόλεμον	pour toute la guerre
πρὸ τοῦ.	avant cela.
Εἰ δὲ δή τις πόλεμος ἥξει,	Or certes si quelque guerre viendra ,
πόσα χρὴ νομίσαι	en combien de choses faut-il penser
ζημιωθήσεσθαι ;	*eux* devoir éprouver-du-dommage?

2.

σεσθαι; καὶ προσέσθ᾽ ἡ ὕβρις καὶ ἔτι ἡ τῶν πραγμάτων αἰσχύνη,
οὐδεμιᾶς ἐλάττων ζημίας τοῖς γε σώφροσι.

IX. Πάντα δὴ ταῦτα δεῖ συνιδόντας ἅπαντας βοηθεῖν, καὶ
ἀπωθεῖν ἐκεῖσε[1] τὸν πόλεμον· τοὺς μὲν εὐπόρους, ἵν᾽ ὑπὲρ τῶν
πολλῶν ὧν καλῶς ποιοῦντες[2] ἔχουσι, μικρὰ ἀναλίσκοντες τὰ
λοιπὰ καρπῶνται ἀδεῶς· τοὺς δ᾽ ἐν ἡλικίᾳ, ἵνα τὴν τοῦ πολεμεῖν ἐμπειρίαν ἐν τῇ τοῦ Φιλίππου χώρᾳ κτησάμενοι, φοβεροὶ
φύλακες τῆς οἰκείας ἀκεραίου γένωνται· τοὺς δὲ λέγοντας, ἵν᾽
αἱ τῶν πεπολιτευμένων αὐτοῖς εὔθυναι ῥᾴδιαι γένωνται, ὡς,
ὁποῖ᾽ ἅττ᾽ ἂν ὑμᾶς περιστῇ τὰ πράγματα, τοιοῦτοι κριταὶ καὶ
τῶν πεπραγμένων αὐτοῖς ἔσεσθε. Χρηστὰ δ᾽ εἴη παντὸς εἵνεκα.[3]

Ajoutez-y l'outrage; ajoutez-y encore la honte, qui, aux yeux de tout
homme sensé, n'est pas moins cruelle qu'aucun dommage matériel.

IX. Par toutes ces considérations à la fois, Athéniens, volons tous
au secours d'Olynthe, et refoulons la guerre dans le pays ennemi; les
riches, afin qu'en sacrifiant une petite partie de ces biens considérables
qu'ils possèdent pour leur bonheur, ils s'assurent la tranquille jouissance
du reste; les citoyens en âge de porter les armes, afin qu'après avoir
acquis dans le pays de Philippe l'expérience de la guerre, ils devien-
nent les redoutables défenseurs des limites respectées de leur patrie;
les orateurs, afin que le compte de leur administration soit plus facile
à rendre pour eux, puisque, telle sera l'issue des affaires, tel sera aussi
le jugement que vous rendrez sur leur gestion. Puisse le succès nous
être assuré par les efforts de tous!

Καὶ προσέσται ἡ ὕβρις	Et *à cela* se joindra l'outrage
καὶ ἔτι ἡ αἰσχύνη τῶν πραγμάτων,	et de-plus la honte des affaires,
ἐλάττων οὐδεμιᾶς ζημίας	*mal* non moindre qu'aucune perte
τοῖς σώφροσί γε.	pour les sensés du moins.
IX. Δεῖ δὴ	IX. Donc il faut *vous*
συνιδόντας ταῦτα πάντα	ayant vu-à-la-fois tout cela
βοηθεῖν ἅπαντας,	secourir tous *Olynthe,*
καὶ ἀπωθεῖν ἐκεῖσε τὸν πόλεμον·	et repousser là-bas la guerre :
τοὺς εὐπόρους μὲν,	ceux bien-pourvus d'une part,
ἵνα ἀναλίσκοντες μικρὰ	afin que, *en* dépensant peu
ὑπὲρ τῶν πολλῶν	en-vue des *biens* nombreux
ὧν ἔχουσι ποιοῦντες καλῶς,	que ils ont faisant bien (étant heureux).
καρπῶνται τὰ λοιπὰ ἀδεῶς·	ils jouissent du reste sans-crainte ;
τοὺς δὲ ἐν ἡλικίᾳ,	ceux en âge *de porter les armes*;
ἵνα κτησάμενοι	afin que, ayant acquis
ἐν τῇ χώρᾳ τοῦ Φιλίππου	dans le pays de Philippe
τὴν ἐμπειρίαν τοῦ πολεμεῖν,	l'expérience de faire-la-guerre,
γένωνται φύλακες φοβεροὶ	ils soient devenus gardiens terribles
τῆς οἰκείας ἀκεραίου·	du *leur* propre *resté* intact;
τοὺς δὲ λέγοντας,	et ceux parlant,
ἵνα αἱ εὐθῦναι	afin que les comptes
τῶν πεπολιτευμένων αὐτοῖς	des *choses* administrées par eux
γένωνται ῥᾴδιαι,	soient devenus faciles,
ὡς, ὁποῖα ἄττα τὰ πράγματα	puisque, telles les affaires
ἂν περιστῇ ὑμᾶς,	auront entouré à vous,
τοιοῦτοι κριταὶ καὶ ἔσεσθε	tels juges aussi vous serez
τῶν πεπραγμένων αὐτοῖς.	des *choses* faites par eux.
Εἴη δὲ χρηστὰ	Et que *ces choses* soient bonnes
εἵνεκα παντός.	en ce-qui-dépend-de tout *citoyen*.

NOTES

SUR LA TROISIÈME OLYNTHIENNE.

Page 2. — 1. Ἐσκεμμένος. Le moyen σκέψασθαι, comme le *meditari* des Latins, se dit d'un discours préparé à l'avance.

2. Μονονουχὶ λέγει, *Ne* fait *que ne pas* dire, dit *presque*. Les Latins emploient *tantum non* de la même manière.

Page 4. — 1. Ὅπως ἐνθένδε βοηθήσητε. Les armées d'Athènes étaient trop souvent composées de mercenaires au lieu de citoyens. Démosthène veut que, pour assurer le succès de l'expédition, ce soient des citoyens qui marchent eux-mêmes au secours d'Olynthe.

2. Παρασπάσηται indique bien l'action de quelqu'un qui, comme Philippe, tire toujours à soi, pour arracher à son profit tout ce qu'il peut. — Τὰ ὅλα πράγματα, *summa rerum*, la domination universelle, à laquelle tend Philippe, en l'arrachant morceau par morceau (τι).

Page 6. — 1. Πρὸς δὲ τὰς καταλλαγὰς, ἅς ἂν ἐκ... Ce passage prouve que les Olynthiens étaient depuis longtemps déjà en guerre avec Philippe, et que cette Olynthienne ne saurait être la première, comme on l'a pensé longtemps.

2. Ἅ τ' Ἀμφιπολιτῶν ἐποίησε τοὺς παραδ... Philippe, devenu maître d'Amphipolis et de Pydna par la trahison, se défit des traîtres par l'exil ou par la mort. L'exemple fut du reste perdu pour les Olynthiens, dont la ville tomba également au pouvoir de Philippe par la trahison de deux de ses citoyens, Euthycrate et Lasthène.

Page 8. — 1. Μέχρι του (pour τινός), sous-ent. χρόνου, pour un certain temps seulement.

2. Εὐβοεῦσι βεβοηθηκότες. Neuf ans avant cette harangue, en 357, l'Eubée s'était divisée en deux factions, dont l'une avait réclamé le secours de Thèbes, l'autre celui d'Athènes.

3. Καὶ παρῆσαν Ἀμφιπ. Ἱέρ... Les députés étrangers montaient à la tribune pour exposer leur commission et se faire mieux entendre. Hiérax et Stratoclès, au nom d'Amphipolis, offraient de se remettre, eux et leur ville, sous la protection d'Athènes ; mais Athènes rejeta

l'offre, de peur de rompre la paix conclue avec Philippe l'année d'auparavant.

4. Τὴν αὐτὴν... προθυμίαν, ἥνπερ ὑπὲρ τῆς Εὐϐ. σωτ. En trois jours, selon Démosthène (Phil. I, 5), en cinq, selon Eschine (Contr. Ctésiph.), les Athéniens s'étaient trouvés prêts pour l'expédition de l'Eubée.

Page 10. — 1. Πύδνα, ville de Macédoine; Ποτίδαια, Μεθώνη, villes de Thrace; Παγασαί, ville maritime de Thessalie.

2. Ὑπηργμένων, de ὑπάρχω, mot très-significatif pour peindre la bienveillance des dieux; il se dit des services qu'on rend *le premier* à quelqu'un, avant d'en avoir encore reçu de lui.

Page 14. — 1. Ἀμφίπολιν... Πύδναν... Ποτίδαιαν... Ces villes furent prises par Philippe en 358. Μεθώνην... Θετταλ... Φεράς, Παγασ., Μαγν., en 353. L'invasion de la Thrace commence à la même date.

2. Ἐκεῖ τοὺς μὲν ἐκϐαλὼν, τοὺς δὲ καταστήσας τῶν βασιλέων. Philippe chassa Térès et Cersoblepte, et mit à leur place d'autres rois, peut-être Amadocus et Bérisade, frères de Cersoblepte.

3. Τὰς δ' ἐπ' Ἰλλυριοὺς καὶ Παίονας... στρατείας. V. Philippiq. I, 15.

4. Πρὸς Ἀρύμϐαν. Arymbas, fils d'Alcétas, roi d'Épire et frère de Néoptolème, dont Philippe avait épousé la fille, connue sous le nom d'Olympias. Après la mort du père, Arymbas, comme aîné, devait régner seul; mais Philippe l'obligea à partager la royauté avec Néoptolème (352).

Page 16. — 1. Τῶν ἀρχαίων, les biens patrimoniaux, qui sont la base (ἀρχή) du revenu.

2. Ἐπὶ πολλῷ est tout à fait la même idée que ἐπὶ τοῖς μεγάλοις τόκοις. Si nous achetons l'indolence à de gros intérêts, c'est-à-dire au prix de pertes continuelles, ces pertes finiront, en se répétant, par nous dépouiller complétement de nos possessions nationales, ἀρχαῖα.

Page 18. — 1. Τῷ τε τὰς πόλεις τοῖς Ὀλ. σώζ. Il s'agit des trente-deux villes alliées d'Olynthe, par l'attaque desquelles Philippe avait commencé les hostilités contre cette dernière.

Page 20. — 1. Ἔστιν ὅσα οὐδενὶ... στρατιωτικά. Allusion aux fonds de théâtre, dont il est spécialement question dans la deuxième Olynthienne, ch. 4. (Voy. la note à cet endroit.)

2. Οὕτω πως, expression vague, qui répond assez à notre *comme ça*.

Page 24. — 1. Ταῦτα γὰρ ἄπιστα... φύσει. Les Thessaliens passaient pour perfides; de là les locutions proverbiales: *Tour de Thessaliens*, *monnaie de Thessaliens*.

2. Καὶ γὰρ Παγασὰς ἀπαιτεῖν... καὶ Μαγνησίαν... V. Olynth. I, 3 et 5.

3. Εἰς στενὸν κομιδῇ τὰ... καταστήσεται. **Même** expression en latin dans Térence, Heaut. IV, 1, 56 : « Ita hercle *in angustum oppido* nunc meæ *coguntur* copiæ. »

4. Αὐτονόμους... καὶ ἐλευθέρους. Le premier signifie *régi par ses propres lois*, en parlant d'un peuple ; le second, plus énergique encore, regarde *la liberté individuelle* de chacun des citoyens dont se compose ce peuple, et l'exemption des charges que l'esclavage entraîne pour chacun.

Page 26. — 1. Τὴν ὑπάρχουσαν est plus vague que τὴν οἰκείαν ; c'est l'ensemble des possessions athéniennes opposé à l'Attique, à Athènes elle-même ; il y a gradation dans les deux idées.

Page 28. — 1. Καὶ συνεισβαλοῦσιν ἑτοίμως. Les Thébains et les Athéniens étaient ennemis depuis longtemps. Déjà, à l'époque de la victoire de Lysandre, les Thébains avaient opiné pour la destruction d'Athènes.

2. Φωκεῖς ; οἱ... Les Phocéens étaient écrasés par le poids de la guerre sacrée.

3. Ἄνοιαν ὀφλισκάνων. V. Ol. I, 2 (notes).

4. Τοὺς γεωργοῦντας, comme chez nous les cultivateurs, ne représente pas seulement les artisans qui cultivent de leurs mains, mais les riches propriétaires qui font cultiver.

5. Ὅσα εἰς ἅπαντα τὸν πρὸ τοῦ πόλ. δεδαπ. Allusion à la guerre d'Amphipolis, qui avait coûté aux Athéniens plus de mille cinq cents talents, comme Démosthène le dit lui-même (Ol. II, 9).

Page 30. — 1. Ἐκεῖσε. En Macédoine.

2. Καλῶς ποιοῦντες, par une bonne fortune dont je les félicite, mot à mot, faisant de bonnes affaires, étant heureux.

3. Παντὸς εἵνεκα. V. ἕνεκά γε ψηφισμάτων (Ol. II, 2, not.).

LIBRAIRIE DE L. HACHETTE ET Cie.

TRADUCTIONS JUXTALINEAIRES

DES

PRINCIPAUX AUTEURS CLASSIQUES GRECS,

FORMAT IN-12.

*Cette collection comprendra les principaux auteurs
qu'on explique dans les classes.*

EN VENTE LE 1er JANVIER 1857 :

ARISTOPHANE: Plutus.. 2 fr. 25 c.
BABRIUS : Fables............ 4 fr.
BASILE (Saint) : De la lecture des
auteurs profanes....... 1 fr. 25 c.
— Contre les usuriers......... 75 c.
— Observe-toi toi-même...... 90 c.
CHRYSOSTOME (S. JEAN) : Homé-
lie en faveur d'Eutrope..... 60 c.
— Homélie sur le retour de l'évêque
Flavien.................... 1 fr.
DÉMOSTHÈNE : Discours contre la
loi de Leptine......... 3 fr. 50 c.
— Discours pour Ctésiphon ou sur la
Couronne................... 5 fr.
— Harangue sur les prévarications
de l'ambassade............... 6 fr.
— Les trois Olynthiennes.. 1 fr. 50 c.
— Les quatre Philippiques.... 2 fr.
ESCHINE : Discours contre Ctésiphon.
Prix.................... 4 fr.
ESCHYLE: Prométhée enchaîné. 2 fr.
— Les Sept contre Thèbes. 1 fr. 50 c.
ÉSOPE: Fables choisies..... 75 c.
EURIPIDE: Électre......... 3 fr.
— Hécube.................... 2 fr.
— Hippolyte.......... 3 fr. 50 c.
— Iphigénie en Aulide... 3 fr. 25 c.
GRÉGOIRE DE NAZIANZE (Saint):
Éloge funèbre de Césaire. 1 fr. 25 c.
— Homélie sur les Machabées.. 90 c.
GRÉGOIRE DE NYSSE (Saint) :
Contre les usuriers......... 75 c.
— Éloge funèbre de Saint Mélèce. 75 c.
HOMÈRE: Iliade, 6 volumes.. 20 fr.
Chants I à IV. 1 vol..... 3 fr. 50 c.
Chants V à VIII. 1 vol.... 3 fr. 50 c.
Chants IX à XII. 1 vol.... 3 fr. 50 c.
Chants XIII à XVI. 1 vol.. 3 fr. 50 c.
Chants XVII à XX. 1 vol . 3 fr. 50 c.
Chants XXI à XXIV. 1 vol. 3 fr. 50 c.
Chaque chant séparément.. 1 fr.
— Odyssée. 6 vol........... 24 fr.
Chants I à IV. 1 vol........ 4 fr.
Le 1er chant séparément... 90 c.
Chants V à VIII. 1 vol........ 4 fr.

Chants IX à XII. 1 vol....... 4 fr.
Chants XIII à XVI. 1 vol...... 4 fr.
Chants XVII à XX. 1 vol..... 4 fr.
Chants XXI à XXIV. 1 vol..... 4 fr.
ISOCRATE : Archidamus. 1 fr. 50 c.
— Conseils à Démonique...... 75 c.
— Éloge d'Évagoras.......... 1 fr.
LUCIEN : Dialogues des morts. 2 f. 25
PÈRES GRECS (Choix de discours).
Prix.................... 7 fr. 50 c.
PINDARE : Isthmiques (les). 2 fr. 50
— Néméennes (les)............ 3 fr.
— Olympiques (les)...... 3 fr. 50 c.
— Pythiques (les)........ 3 fr. 50 c.
PLATON : Alcibiade (le prem.). 2 f. 50
— Apologie de Socrate......... 2 fr.
— Criton.............. 1 fr. 25 c.
— Phédon................... 5 fr.
PLUTARQUE : Lecture des poëtes.
Prix.................... 3 fr.
— Vie d'Alexandre............. 3 fr.
— Vie de César.............. 2 fr.
— Vie de Cicéron........... 3 fr.
— Vie de Démosthène .... 2 fr. 50 c.
— Vie de Marius............. 3 fr.
— Vie de Pompée............. 5 fr.
— Vie de Sylla.......... 3 fr. 50 c.
SOPHOCLE : Ajax....... 2 fr. 50 c.
— Antigone.............. 2 fr. 25 c.
— Electre.................. 3 fr.
— OEdipe à Colone............ 2 fr.
— OEdipe roi............. 1 fr. 50 c.
— Philoctète............ 2 fr. 50 c.
— Trachiniennes (les).... 2 fr. 50 c.
THÉOCRITE : OEuvres compl. 7 fr. 50
— La première Idylle.......... 45 c.
THUCYDIDE : Guerre du Péloponèse,
livre II................... 5 fr.
XÉNOPHON: Apologie de Socrate. 60 c.
— Cyropédie, livre I...... 1 fr. 25 c.
— Cyropédie, livre II......... 2 fr.
— Entretiens mémorables de Socrate
(les quatre livres)...... 7 fr. 50 c.
Chaque livre séparément... 2 fr.

A LA MÊME LIBRAIRIE : Traductions juxtalinéaires des principaux
auteurs latins qu'on explique dans les classes.

Typographie de Ch. Lahure, rue de Vaugirard , 9.